mu

LE LIVRE DE NATHAN
NICOLAS CARTELET

ILLUSTRATION : KÉVIN DENEUFCHATEL

ISBN : 978-2-38267-074-3

WWW.LABEL-MU.COM

DIRECTION ÉDITORIALE : DAVY ATHUIL ET FRÉDÉRIC WEIL

MU, LABEL DES ÉDITIONS MNÉMOS

LE LIVRE DE NATHAN

NICOLAS CARTELET

mu

I

Deux faits notables. Primo, il n'avait cessé de pleuvoir sur la France depuis six jours. C'est-à-dire qu'il pleuvait depuis six jours et six nuits, littéralement sans interruption, au point que la communauté scientifique commençait à s'en émouvoir. Il y avait les indicateurs météorologiques qui n'annonçaient pas d'embellie à l'horizon et ces images d'inondations sur les chaînes d'info : quais de Seine, bords du Rhône et berges de la Garonne noyés, ainsi que ces témoignages désolés de riverains en bottes de caoutchouc pataugeant dans un salon ou une cave sinistrés ; on va faire jouer notre assurance mais en attendant, on fait quoi ? Et d'ailleurs le phénomène n'était pas circonscrit à la France, à vrai dire c'était sur le monde entier qu'il pleuvait, depuis six jours et six nuits. Le film de cet enfant touareg se baignant dans un lac formé *ex nihilo* et en quelques heures au milieu du Sahara, classé numéro un des tendances sur Twitter et YouTube, résumait à lui seul la situation : la Terre prenait l'eau, de toutes parts. Deuxio, Nathan vivait sur son voilier depuis son divorce avec Éléonore ; elle avait gardé la maison et lui s'était installé sur le vieux bateau hérité de son père. Ça n'avait pas fait l'objet de longues discussions, Éléonore avait les moyens d'assumer seule la charge de leur grande résidence de campagne tandis que lui, Nathan, vivotait d'un petit boulot à l'autre et souffrait de la précarité inhérente au statut de free-lance. Au fond l'argent avait toujours été un problème entre eux, Éléonore rêvait de *mieux*, ce que Nathan n'avait jamais pu lui offrir – alors se battre pour la maison, non. Il avait saisi l'occasion en même temps qu'il renouait avec ce rêve d'enfant, celui de vivre sur l'eau, libre comme l'air ou presque. Bien sûr, la vie dans un port de plaisance avait un coût, à commencer par la location de l'emplacement dont le prix grimpait chaque année, la faute au surpeuplement du littoral, et puis l'assurance du voilier, son entretien, l'électricité, Internet, mais enfin, à tout prendre, Nathan s'en sortait mieux que s'il eût dû se trouver un appartement. Par exemple, il ne payait pas de taxe d'habitation, eh non, c'était ça et d'autres petites choses qui, mises bout à bout, lui permettaient de vivre, peut-être pas de *bien vivre* au sens où Éléonore l'aurait entendu, mais de vivre quand même. Nathan avait même sa propre boîte aux lettres depuis peu, accrochée au mur de la capitainerie. On pouvait dire de lui qu'il était officiellement devenu *plaisancier résidant*, et ça n'était pas rien.

Pour le moment, Nathan décortiquait une crevette rose à la terrasse – couverte – de *L'Albatros*, restaurant de fruits de mer sis sur les hauteurs de la crique. Un panneau à l'entrée indiquait *vue panoramique sur le port*, et c'était vrai, depuis sa place et par-dessus l'épaule de Bertin, Nathan apercevait la cime des voiliers secouée par le vent. La pluie battante sur le toit de bâche assourdissait les conversations mais heureusement Bertin parlait fort, plus fort que le déluge. Il sirotait ses huîtres en grommelant des phrases courtes entre les bruits de succion, des invectives telles que vacances de merde – pas pu faire autrement – promis à ma femme – prévues depuis six mois. Et cette flotte, quelle merde, mais quelle merde ! Il baladait son poing en l'air comme pour défier les nuages gros de pluie, et Nathan se disait que si quelqu'un pouvait faire taire la pluie à force de caractère, c'était bien Bertin. Nathan globalement parlait peu ; il se contentait de brèves relances, de petits mots, disons qu'il ponctuait le monologue de Bertin. Ses tentatives d'infléchir la conversation dans un sens qui lui eût été profitable échouaient les unes après les autres, il avait presque baissé les bras à présent et comptait les huîtres englouties par Bertin – on venait de dépasser la trentaine et ça n'était pas terminé. Bertin aimait la bonne chère, Bertin était un épicurien – Bertin était un peu gros. Toi, bon, tu t'en fous, cracha Bertin dans un postillon à l'échalote, tu passes déjà ta vie dans l'eau. Mais pour nous, bon, tu comprends, quand on quitte Paris, c'est pas pour se taper cette merde. Nathan acquiesça poliment. C'est vrai qu'au fond il s'en foutait.

Situons-les. Bertin était éditeur, éditeur de livres, il dirigeait ce qu'on appelle une maison d'édition indépendante de taille moyenne, pas un mastodonte à la Gallimard mais tout de même, avec les années il avait fini par s'imposer comme un acteur à part entière du *monde du livre*. Il était aussi une *figure* de l'édition, c'est-à-dire que tout le monde, confrères et auteurs, le connaissait sur la place parisienne, pour son travail autant que pour sa gouaille. Bertin avait fait de l'honnêteté sa carte de visite, il disait ce qu'il pensait aux gens sans jamais réfléchir, sans aucun filtre, il se voyait en mousquetaire en lutte avec les hypocrites, les flagorneurs, les cuistres de tout poil. C'était le genre de type à publier seulement ce qui le prenait aux tripes, à signer des à-valoir à cinq chiffres sur un coup de tête, c'était le genre de type à vous dire que moi, la petite cuisine de l'édition, très peu pour moi. Le plus clair de son temps il était imbuvable, un beauf aurait-on juré, mais il savait à l'occasion faire preuve d'érudition, et puis il glanait parfois un Renaudot, un Goncourt, un prix de Flore, alors on lui pardonnait volontiers ses excès. Nathan, lui, opérait du côté de la relecture et de la correction de textes, c'était ce qu'on appelle un relecteur-correcteur, quelqu'un à qui les éditeurs confient un texte en vue de sa publication, texte qu'il est chargé de relire, corriger, annoter suivant une *deadline* généralement abusive et pour un salaire invariablement misérable. Il jouissait du statut avantageux de free-lance, c'est-à-dire d'auto-entrepreneur, grâce auquel il pouvait exercer sa fonction depuis le littoral, loin du vacarme parisien. Sans l'accabler, on peut dire ici que Nathan n'était pas un excellent relecteur-correcteur, on lui faisait rarement confiance bien longtemps, après deux ou trois missions, ses employeurs tendaient à espacer leurs commandes, si bien qu'il devait sans cesse chercher de nouveaux contacts, de nouveaux contrats, et l'édition était un petit monde alors à force, disons que Nathan ne croulait plus sous le travail.

Quant à la raison de leur entrevue, c'était tout bête : Nathan, qui travaillait pour Bertin de loin en loin, avait appris de la secrétaire de Bertin que Bertin prenait des vacances tout près de chez lui, à dix kilomètres dans les terres. Il avait proposé à Bertin de déjeuner et Bertin, sans doute attendri par la perspective des vacances à venir, n'avait pas trouvé de raison de décliner l'invitation. Ils étaient là ce midi, attablés à la terrasse de *L'Albatros*.

En vérité, Nathan avait une raison plus profonde que leur vieille amitié de solliciter cette entrevue avec Bertin, raison que devinait Bertin, pas fou, mais qu'il feignait d'ignorer depuis le début du repas, et que jusqu'à présent Nathan n'était pas parvenu à mettre sur la table. Quoique auto-entrepreneur et supposément libre, sans patron – *l'auto-entrepreneur est son propre patron*, entendait-on ronronner dans les espaces de *coworking* depuis cinquante ans, sans doute le mensonge le plus solide du XXIe siècle – Nathan n'en restait pas moins soumis aux caprices éditoriaux de types comme Bertin, qui pouvaient du jour au lendemain lui retirer le pain de la bouche s'ils le souhaitaient. Techniquement, Bertin restait le supérieur de Nathan, et donc Nathan devait se plier au jeu servile de l'écoute religieuse, des hochements de tête complaisants, des rires forcés : il devait supporter Bertin sans broncher, espérant que Bertin finirait par le laisser parler.

Et alors, les affaires ? se risqua Nathan au gré d'un silence. Bertin eut un haussement d'épaules agacé. Une catastrophe, gronda-t-il. C'est bien simple, plus rien ne se vend : rien. Nathan tiqua. Rien sauf le féminisme et l'autofiction à scandale, se ravisa Bertin – encore que les gens se lassent du féminisme, du scandale non jamais, mais du féminisme oui, à la longue. Enfin les ventes baissent, qu'est-ce que tu veux, ça baisse presque partout, moins de chiffre, moins de budget : tiens, même mes vacances, d'habitude c'est l'île de Ré et là non. Même pour ça, on baisse. On s'adapte. Un serveur passé par là se pencha sur eux pour savoir ce qu'ils pensaient du repas et du vin, interrompant Bertin. Bertin lui répondit que le vin blanc était dégueulasse mais ne dit rien sur les huîtres, car les huîtres étaient bonnes. Une fois le serveur disparu, il chercha ses mots un instant, il arrivait au bout de son plateau et mangeait plus lentement, sa conversation aussi perdait en rythme ; Nathan se dit qu'il était peut-être temps d'attaquer. Ce qu'il fit sur le ton de la rigolade. Donc tout fout le camp, hein ? Féminisme et autofiction, tu dis ? Tu as dû tomber de ta chaise quand tu as reçu mes histoires de poissons et de grand large…

On y était. Nathan avait senti les battements de son cœur accélérer au fil de ses mots, il venait de plonger dans le vide sans possibilité de reculer – une sensation aussi grisante que vertigineuse. En face, Bertin était coincé ; l'allusion était trop claire, plus moyen d'esquiver : il joua le jeu et dégaina son plus joli sourire. Ah, ton manuscrit, c'est ça ? Nathan hocha fébrilement la tête. Attends voir… Le sac de Bertin passa sur ses genoux et Bertin y farfouilla un moment, pour en sortir un épais volume de papier qu'il déposa sur la table, à côté des huîtres vides et des carapaces de crevettes roses. Il y avait là un quart de ramette de papier Clairefontaine, format A4 80 g – la fameuse gamme Clairalfa – relié à l'aide d'anneaux de plastique noir et protégé par une couverture transparente. Nathan reconnut aussitôt son roman, aidé il est vrai par le titre et le nom de l'auteur qui barraient la première page en son milieu, en caractères gras et en corps 65, Times New Roman (Nathan était de la vieille école) : *Métaphysique du mérou, par Nathan Verdier.* Bertin avait apporté son manuscrit avec lui. En vacances. Nathan eut le souffle coupé à cette idée, il n'osait plus regarder Bertin à présent, il fixait son manuscrit comme défilaient mille destins littéraires dans son esprit, il ne respirait plus, plus du tout, plus maintenant qu'il était si proche de réaliser son rêve. Il touchait la gloire du doigt, enfin.

C'est le doigt de Bertin qui bougea le premier, son index, qu'il fit courir jusque sur la table et écrasa sur le manuscrit, à plusieurs vigoureuses reprises. Ça, là, c'est très mauvais, annonça-t-il d'une voix égale. Un coup de vent imaginaire s'engouffra sur la terrasse et emporta la gloire loin, très loin de l'esprit de Nathan. Comme pour confirmer sa désillusion, Nathan distingua à cet instant une annotation portée au crayon de papier sous le titre, sans doute tracée par Bertin au terme de sa lecture : Bertin avait écrit NUL en lettres majuscules, souligné deux fois. Je vais pas te raconter des salades, tu me connais, continua Bertin sans relever la décomposition spontanée qui venait de frapper le visage de Nathan, pâle comme un linge, pour qui la pluie avait transpercé la pergola et rinçait désormais tout son corps, jusqu'aux os, jusqu'au dernier de ses espoirs, la pluie coulait sur ses joues et glissait jusque dans sa bouche, avec un petit goût salé de larmes. Tu l'as envoyé à combien d'éditeurs, dis ? le bouscula encore Bertin. Quarante ? Cinquante ? Je sais plus, bredouilla Nathan qui mentait, il le savait précisément. À ceux que je connais. Bon, disons soixante-dix, arrondit Bertin. Et les réponses ? Laisse-moi deviner : des lettres-types principalement, et puis quelques messages personnalisés de tes copains, on a bien aimé mais…, c'est pas mal mais malheureusement… J'ai bon ? Nathan déglutit. Tout compte fait, les crevettes passaient mal. Bertin avait soudain l'air très sérieux. Je vais te dire un truc, Nathan, un secret qui te servira toute ta vie : les chefs-d'œuvre incompris ça n'existe plus, voilà. Si soixante-dix types te disent que c'est nul – parce que faut pas te leurrer, c'est *ça* qu'ils te disent avec leurs lettres-types, avec leurs mais, avec leurs malheureusement– c'est que c'est nul, point final. Et là, c'est nul.

Et de nouveau l'index de Bertin qui martelait son manuscrit, comme pour dire à Nathan eh oui, c'est bien de ton roman pourri qu'on parle. Nathan s'imagina tranchant net l'index de Bertin – après tout son couteau était à portée de main, il n'avait qu'à le saisir pour basculer du rêve à la réalité. Il ne parviendrait sans doute pas à sectionner le doigt du premier coup, mais il pourrait à tout le moins l'entailler sévèrement. Beaucoup de sang à prévoir, des hurlements aussi. Au lieu de ça, Nathan rassembla son courage et demanda à mi-voix ce qui clochait, au juste. C'est le sujet, c'est ça ? Hmmmm, fit Bertin. Pas vraiment. Plutôt la façon dont tu le traites. C'est-à-dire que la mer, oui, pourquoi pas. La mer c'est très bien. Regarde *Le Vieil Homme et la Mer*, tiens. Il y a un souffle, il y a la violence de la mer, il y a le danger permanent. On frissonne ! Dans ton texte, bon… Si je puis me permettre, c'est très différent, se défendit Nathan. Moi, c'est l'homme face à la mer paisible. L'homme qui attend, canne à pêche à la main. L'homme qui médite – justement, oui, le reprit Bertin : ce qu'il y a, c'est qu'on s'ennuie. On s'ennuie ferme. Et les poissons ? insista Nathan en désespoir de cause. Il y a l'homme mais il y a aussi les poissons dans mon texte. Hemingway aussi a parlé des poissons… Bertin eut un soupir peu amène. Il s'enfonça dans son siège et feuilleta les pages du roman à bout de bras, machinalement. Oui, oui… Les poissons… Les poissons, parlons-en. Ces poèmes, tout du long, c'est vraiment utile ? Je veux dire, *l'adresse au roi mérou*, franchement ? Je me suis demandé à quoi tu carburais quand j'ai lu ça, je te jure, je t'ai imaginé défoncé sur ton bateau en train de réciter des prières aux poissons, ambiance *Lucy in the Sky*… C'est nébuleux, Nathan – pour être honnête on n'y comprend rien, on touche quasiment à l'ésotérique. Envoie pas ça à n'importe qui, d'accord ? Pas envie qu'on te fasse enfermer…

Enfin bref c'était non, c'était non et c'était non négociable, manifestement. Ce serait mentir d'affirmer que l'épisode n'eut aucune conséquence sur la suite du repas, l'on observa une certaine crispation chez Nathan, facilement explicable, notre homme se renferma un peu plus sur lui-même et Bertin, même Bertin, entreprit de faire profil bas – pour ainsi dire on n'échangea plus un mot jusqu'au café. Bertin secoua la tête et soupira trois fois, ce à quoi Nathan répondit par un haussement d'épaules. Bertin reprit sa besace sur ses genoux et fit mine d'y mettre de l'ordre. Nathan rajusta sa veste qu'il n'avait pas quittée. Les deux hommes échangèrent un regard, suivi d'un sourire entendu. Il était temps de se dire au revoir.

Bertin prit pour lui l'entièreté de la note, il vendait encore assez de livres pour se le permettre, et Nathan y trouva un peu de réconfort. Un instant plus tard, sous le porche de l'entrée qui les protégeait de la pluie pour quelques ultimes secondes, ils se quittèrent, non sans s'être promis de s'appeler bientôt, ce qu'ils ne feraient pas.

*

Nathan traversa le village jusqu'au port en prenant au plus court. À travers le rideau de pluie, personne n'aurait pu soupçonner qu'il pleurait. Il avait resserré le cordon de sa capuche pour se protéger, lui donnant l'air d'un parfait abruti, et tenait sous sa parka son manuscrit serré contre son cœur. Personne ou presque dans les rues, le port de plaisance lui aussi était désert. Nathan s'engagea seul sur le ponton de bois détrempé et dut piétiner jusqu'à son voilier pour ne pas glisser, allée 8, emplacement 12. Une fois descendu en cabine il abandonna tout sur le lit, parka délavée, vêtements et manuscrit, pour s'écrouler en caleçon dans son fauteuil de travail, face à la mer brumeuse, derrière la baie vitrée. La pluie jouait une musique entêtante à la surface de l'eau. Nathan ferma les yeux. Puis les rouvrit tout ronds sur la bouteille de Monkey Shoulder posée à côté de son ordinateur. Il se redressa à demi, attrapa la bouteille et un verre sale qui traînait par là – les restes du dernier whisky formaient une auréole brune sur le fond – mit la radio et se servit une dose déraisonnable, pas loin du ras bord. Sur France Inter une voix monocorde évoquait la pluie – la pluie, il n'y avait plus que ça qui comptait. De retour au fond de son siège, Nathan entreprit de se bourrer la gueule.

La nuit était toute proche de tomber lorsqu'il se réveilla, pâteux comme on peut l'imaginer. Abandonné sur le bureau, le Monkey Shoulder était aux trois quarts vide. Pendant un long moment, Nathan resta immobile dans la position qui l'avait vu s'éveiller, recroquevillé en fœtus dans son fauteuil, incapable de rien, même pas certain de ce qui l'avait tiré du sommeil. Un nouveau long moment passa avant qu'il ne réalise que le bateau tanguait, ce qui n'avait rien d'habituel au beau milieu du port. Aussi, un choc régulier faisait vibrer la coque, quelque chose comme *bong, bong, bong*… Nathan se redressa tant bien que mal, un coup d'œil au-dehors ne lui apprit rien, une purée de pois bouchait l'horizon et la buée aveuglait largement la baie vitrée ; ça n'arrangeait pas Nathan mais il allait falloir sortir, pas le choix. Pour tout vêtement il enfila sa parka et tituba jusqu'à l'escalier, quatre marches et c'était l'ouverture sur le pont. À la radio une voix plus électrique que d'habitude parlait encore de la pluie mais le son grésillait, on n'entendait pas bien, et de toute façon le vacarme de la tempête emporta tout le reste lorsque Nathan ouvrit la porte.

Il pleuvait beaucoup plus fort que dans l'après-midi. Pieds nus, en caleçon sous son manteau, Nathan fit deux pas sur le pont et s'agrippa au mât pour regarder à l'entour. Il était toujours dans le port, les alignements de yachts et voiliers couraient tout le long de la crique, mais tous tanguaient comme son bateau, tous au même rythme ou presque. Il remarqua alors que le ponton de bois avait disparu – pas disparu au sens propre, mais enfin partout où Nathan portait le regard, l'eau avait recouvert les allées 1 à 16 qui quadrillaient le port. Et d'ailleurs la place et le parking qui jouxtaient le port de plaisance avaient disparu eux aussi, en fait la mer était montée très haut, de nerveuses vaguelettes venaient frapper la boulangerie *L'Auguste* à mi-hauteur de sa vitrine, et les chaises en osier de la brasserie *Le Vingt-et-un*, agglutinées par le courant, flottaient contre la façade de l'établissement. Pour ce qui concernait le petit voilier de Nathan, la corde d'amarrage était tendue à l'extrême, et plongeait tout droit sous la surface : l'eau était tant montée que le bateau s'était éloigné du quai, verticalement, et maintenant il tentait à chaque vague de prendre le large, aussitôt rappelé à la gravité par l'amarre, *bong, bong, bong*, et tanguait le petit voilier de Nathan. Comme plus tôt dans la journée le port semblait désert, mais cette fois l'on pouvait supposer qu'une sorte d'évacuation des lieux, organisée par les services publics avant la catastrophe, en était responsable. Manifestement, Nathan n'y avait pas pris part.

Un sentiment diffus, proche de la panique, s'empara de Nathan une fois qu'il eut compris tout ça. Le sentiment, aussi, qu'il fallait prendre une décision, et vite, sous peine de se mettre en danger – la mort était ici à redouter, les inondations parfois tuaient les gens, ça s'était vu par le passé. Une décision, donc, malgré les trois quarts de Monkey Shoulder dans le sang. Nathan rassembla ses esprits et expérimenta la pensée magique avec l'idée suivante : s'il était une situation capable de vous faire décuver dans l'instant, c'était bien le danger de mort. Il envisagea d'abord de plonger, de nager jusque dans les hauteurs de la crique où il trouverait certainement du secours. Mais il y avait le courant qui semblait incertain, qui formait des tourbillons par endroits où s'aggloméraient des déchets de toutes sortes, et puis ces objets flottants potentiellement tranchants et/ou contondants, entre lesquels il faudrait se faufiler pour atteindre la rive. Et puis il y avait le fait que toute sa vie à lui, Nathan, était là sous ses pieds, dans la cabine de son voilier, et puis enfin l'idée qu'après tout, en cas d'inondation, un bateau n'était pas une si mauvaise échappatoire, si bien que la décision fut prise vite, beaucoup plus vite que la gueule de bois de Nathan ne pouvait le faire craindre.

Nathan se précipita à la poupe et détacha l'amarre, qui glissa vivement dans l'eau à la manière d'une anguille. L'instant d'après il était à la barre, manœuvrant comme il le pouvait pour mener son voilier vers le large – à dire vrai, il n'eut pas grand-chose à faire car la jetée avait disparu elle aussi, quelques minutes à peine et Nathan voguait déjà à un mille de la côte, observant le port où il avait vécu ces trois dernières années prendre doucement l'eau, dans un mélange d'hébétude et de résignation. Dans quelques heures ou au petit matin, il rentrerait au port en espérant que les dégâts y seraient limités, ou bien il rejoindrait un port voisin, ça n'était pas ce qui manquait dans la région. Si Manu avait besoin d'aide, il lui prêterait volontiers main-forte pour déblayer le local de sa boulangerie – il était même prêt à donner un coup de main à François, tiens, quoiqu'il n'eût jamais pu l'encadrer (ce genre de circonstance méritait bien que chacun mette sa rancune de côté). Ce serait difficile au départ mais quelques jours, quelques semaines au plus, et tout rentrerait dans l'ordre. C'était le plan.

Plan sans accro à un détail près : il supposait qu'après être montée, la mer finirait par se retirer. À l'aube, Nathan et son voilier ne trouvèrent pas trace du port de plaisance, ni d'aucun autre port d'ailleurs, ni d'aucune terre d'aucune sorte, quelle que fût la direction dans laquelle ils voguèrent. Par endroits un panneau de signalisation arraché, un pare-brise cabossé, les restes d'un toit de tôle flottant à la surface témoignaient du désastre : l'eau avait recouvert la Terre. Il y avait d'abord eu Bertin et son refus d'éditer son roman, et maintenant la fin du monde ; ç'avait été, pour Nathan, une sacrée journée de merde.

*

Huit boîtes de conserve (haricots verts, flageolets, raviolis), quatre Perle de lait nature (quatre jours avant la date de péremption), trois cent grammes de galettes Saint-Michel pur beurre et dix-huit litres d'eau de source (deux packs de Volvic). Épargnons-nous chaque étape du deuil de sa vie d'avant, qui occupa Nathan les premiers jours de son errance : une fois la question réglée, il fallut bien compter les vivres. Plus que la nourriture, c'était sa réserve d'eau qui l'inquiétait – pour la nourriture il y avait toujours la pêche ; Nathan pêchait depuis tout petit, il pourrait sans mal attraper du poisson tous les jours, qu'il cuirait à la flamme de son petit réchaud (encore que sa réserve de gaz pour alimenter le réchaud ne serait pas éternelle, elle non plus). Mais l'eau, l'eau douce, finirait tôt ou tard par manquer. Nathan avait entrepris de naviguer plein est, droit devant, dans l'espoir d'atteindre bientôt le point du continent où la mer avait cessé d'avancer. Sans succès pour le moment : l'eau s'étendait à perte de vue. Matin et soir, il allumait la radio et lançait un appel au secours resté sans réponse, l'appareil ne renvoyait qu'un grésillement continu, monotone. Les fréquences de radiodiffusion ne donnaient rien non plus, les antennes relais étaient probablement noyées très loin sous la surface, et le téléphone de Nathan ne captait aucun signal – même les appels au 15, au 17 et au 18, censés fonctionner sans réseau, débouchaient invariablement sur le vide. Nathan était seul. Après une semaine en mer, il réalisa qu'il n'avait jamais baptisé son voilier, et jugea très à propos de le nommer *Le Survivant*. Faute de bouteille de champagne à briser contre la coque, il répandit les restes d'une Perle de lait, de toute façon périmée, à la proue du navire. Voilà une bonne chose de faite, songea-t-il ce soir-là avant d'aller dormir.

Ensuite de quoi Nathan perdit doucement le compte des jours. Il pêcha un peu, médita beaucoup. Relut deux fois son manuscrit – qu'il jugea décidément *pas si mauvais que ça*. Prit des paris sur ses chances de survie, faibles au-delà d'un mois, nulles passé deux. L'ennui fit que les jours et les nuits en vinrent à se brouiller pour ne plus former qu'une seule et même interminable attente, alors Nathan aurait été bien incapable de dire depuis combien de temps il naviguait quand il rencontra Viviane – cela devait faire environ deux semaines, peut-être moins, peut-être plus.

Après tout ce temps au milieu du silence, Nathan fut réveillé par le bruit du moteur dès qu'il perça la nuit, au loin. Il fut debout en un instant, sur le pont aussitôt après, pour constater qu'en effet, depuis l'horizon, une petite lueur vrombissait dans sa direction – elle grossissait à vue d'œil, ce qui signifiait qu'elle se rapprochait vite. Nathan sentit son rythme cardiaque accélérer, il avait du mal à y croire, mais il se surprit également à sentir autre chose, une tenaille dans le creux de son ventre, de légers frissons à la surface de sa peau : Nathan réalisa qu'il avait peur. Une peur irraisonnée, incontrôlable. Sans trop savoir pourquoi, il se mit aussitôt à la recherche d'une arme – en fait n'importe quoi lui permettant de se défendre. Remisé avec la bouée et le gilet de sauvetage, le vieux lance-harpon de son père lui sembla un excellent moyen d'intimider de potentiels agresseurs. C'est donc debout sur le pont, un peu tremblant, son arme serrée contre lui, que Nathan patienta la poignée de minutes qu'il fallut au mystérieux hors-bord pour le rejoindre.

Le conducteur du bateau – un Cruiser 22, crut reconnaître Nathan – décéléra très en amont puis coupa le moteur, de sorte qu'il acheva sa course au son de l'eau, presque en silence. Une lampe torche suspendue à côté de la barre éblouissait Nathan, mais le conducteur s'empressa de la décrocher pour la braquer plus bas, vers le pont du voilier. Alors, Nathan découvrit l'homme derrière la lampe, découpé dans l'ombre de la nuit, le premier homme qu'il voyait en quinze jours. Et c'était une femme. Une vieille femme de petite taille, camouflée sous la large capuche de sa vareuse. Elle ne souriait pas, ne semblait pas hostile non plus. Disons curieuse. Pas vraiment rassuré, Nathan brandit mollement le lance-harpon, en manière de défi, et balbutia qui va là d'une voix si faible que l'autre dut le faire répéter – comment ? s'excusa-t-elle en se penchant en avant (voix grave, un peu enrouée, une voix de vieille). Euh, qui va là, répéta Nathan, un peu plus fort cette fois. Un coup de lampe torche indiqua à l'inconnue qu'une arme était braquée sur elle, ce qui modifia sensiblement son attitude. Un pas en arrière, les sourcils froncés, elle grogna quelque chose comme hé, ho, ça va pas ou quoi, suis pas une pirate ou ce genre de chose – je suis seule, et sans arme ! Elle balaya son bateau de sa main lumineuse pour prouver ses dires, et c'est vrai qu'elle semblait de bonne foi, le Cruiser 22 était un petit modèle, on en distinguait presque tout l'intérieur depuis le pont du *Survivant* et c'était vide en l'occurrence, pas de doute là-dessus. Je m'appelle Viviane, insista la vieille pour tomber définitivement la barrière élevée par Nathan. Je suis comme vous. Une survivante. Et Nathan, qui n'aimait pas beaucoup les gens mais leur faisait quand même confiance en règle générale, finit par abaisser le bras. Nathan, souffla-t-il. Désolé. Moi c'est Nathan.

Un silence. On pourrait peut-être, je sais pas… partager un repas ? proposa Viviane. J'ai du saucisson sec. Cette fois Nathan n'hésita pas longtemps. Et moi des raviolis. Le mieux, bon, ça serait de faire ça chez moi, c'est plus grand. Vous en dites quoi ? Viviane fut de l'avis de Nathan, alors on fit passer des cordes du pont de l'un vers celui de l'autre et l'on entreprit de solidariser les bateaux, le temps de ce dîner improvisé. La vieille descendit chercher son saucisson cependant que Nathan serrait le nœud final, et lorsqu'elle remonta de sa cabine et commença d'enjamber le bastingage, elle se ravisa tout d'un coup, se frappant le front dans un ah, quelle conne, j'ai failli oublier ! L'instant d'après elle retournait à sa cabine, dont elle ressortit munie d'un petit boîtier jaune à poignée, type compteur Geiger ou détecteur de métaux, Nathan n'avait jamais su faire la différence. C'est doublement armée, donc – le boîtier dans une main, le saucisson dans l'autre, la lampe torche enfin rangée à sa ceinture – que Viviane se présenta à Nathan, un sourire énigmatique au visage. Excusez-moi, annonça-t-elle, faut que je vérifie. Sans attendre, elle passa le bras droit (le bras du boîtier jaune) du côté du *Survivant* et balaya les alentours d'un geste lent, l'œil rivé au cadran de l'appareil. N'est jamais trop prudent, expliqua-t-elle pour combler le silence.

Après un moment qui parut des heures à Nathan, la vieille mit fin à son manège et rapprocha le boîtier jaune tout près de son visage. Un *ouf* de soulagement lui échappa. C'est bon, confirma-t-elle. On va pouvoir y aller.

La cabine de Nathan elle aussi fut passée au crible ; Viviane promena son boîtier aux quatre coins de la pièce et puis jusqu'au plafond, avant de concéder que bon, ici aussi ça allait – pas parfait mais ça ferait l'affaire. Sur la petite table à manger de Nathan, autour de laquelle ils s'installèrent – Nathan au bord du lit, Viviane dans le fauteuil habituellement dévolu au travail – chacun présenta sa richesse, raviolis en boîte de marque Panzani côté Nathan, saucisson sec pur porc estampillé Casa Ramón côté Viviane. Son boîtier jaune, Viviane le conserva dans son giron, sur le rebord de la table. Elle retira sa vareuse tandis que Nathan réveillait le réchaud, et Nathan n'en vit pas beaucoup plus de sa visiteuse : sous sa capuche, Viviane arborait un bonnet de laine détrempé, anciennement multicolore et maintenant largement délavé, genre bonnet péruvien, qui lui tombait jusque bas sur le front. Ça et ses longs cheveux gras, sans compter ses fripes informes, donnaient à Viviane l'air d'une parfaite loqueteuse. Pour le reste elle semblait bel et bien vieille, facile soixante-dix, peut-être même soixante-quinze ans, son visage était marqué, creusé de rides et brûlé comme l'étaient ces retraités de la Côte d'Azur. Nathan lui tendit un Opinel afin qu'elle tranche le saucisson – vu d'ici, elle n'avait plus l'air dangereuse du tout.

Sale histoire, hein ? lança-t-il pour détendre l'atmosphère. La vieille acquiesça vivement. M'en parlez pas. Elle s'envoya l'entame du saucisson droit dans le gosier. Ça fait des années que je le dis, moi. Il va se passer un truc pas net. C'est tout proche. Pourtant personne m'a jamais prise au sérieux. Et voilà où on en est, aujourd'hui… Nathan releva un sourcil. Vous voulez dire que vous aviez vu venir l'inondation ? s'étonna-t-il.

Pas radine, Viviane lui tendit une tranche de saucisson. Nathan mordit dedans avec joie. L'inondation, bon, pas exactement, s'expliqua la vieille. Moi c'est surtout les radiations, voyez, ça m'a toujours foutu les jetons. Le champignon atomique, les cheveux qui tombent. Ce genre de chose. Comme pour en témoigner elle indiqua du coude son petit boîtier jaune – donc un compteur Geiger, trancha Nathan dans son esprit. Et vous continuez à vous en servir, remarqua-t-il, même après… tout ça ? Je veux dire, le monde est noyé de toute façon, alors les radiations, hein, est-ce qu'on s'en foutrait pas un peu ? Viviane eut un geste d'humeur, un haussement d'épaules anormalement vif. Et qui vous dit que tout ça, c'est pas les radiations la cause ? rétorqua-t-elle d'un air professoral. Vous êtes physicien ? Nathan mit de l'eau à bouillir, attrapa une nouvelle tranche de saucisson et reconnut que non, il n'était pas physicien. Et vous ? se risqua-t-il à demander, un peu par ironie, un peu par curiosité. La vieille sursauta sur place. Moi ? Sûrement pas, non ! On aurait dit qu'on l'avait insultée. Justement, fit-elle à mi-voix. On n'en sait rien ni vous ni moi, alors dans le doute.

À cet instant la dent de Nathan rencontra quelque chose de dur, et une fois passées la surprise puis la crainte il réalisa que c'était une noisette, oui, un morceau de noisette pour être exact, le saucisson de la vieille femme était fourré aux noisettes et cette découverte enchanta Nathan plus que de raison. Il n'eut alors plus du tout envie d'évoquer la fin de ce monde. Hélas pour lui, Viviane, de son côté, semblait n'avoir pas fait le deuil de sa petite histoire. Elle marmonnait dans sa barbe, débitant toujours le saucisson à belle allure. Me suis construit un abri, vous savez. Dans mon jardin. Un bel abri antiatomique – un bunker, si vous préférez. Huit mois de travaux. Et tout le confort, hein ! Trois ans de vivres à l'intérieur. Peut-être même qu'il était étanche. Les yeux de la vieille se perdirent un instant dans le vide. Bah ! gronda-t-elle. Je saurai jamais.

Un peu de charcuterie, encore, passa de main en main. Les raviolis furent versés de la boîte de conserve vers la casserole de poche, déjà bouillonnante. Nathan ne savait pas quoi dire, alors il ne dit rien. Vous vous rendez compte, continua Viviane, dix-sept ans sans bouger de chez moi – même pas un week-end, même pas un dimanche, rien. Et la seule fois où je me paie des vacances, même pas longtemps, cinq jours à la mer, *bim !* ça qui me tombe dessus. Huit mois de travaux. Dix briques que ça m'a coûté. Moi je vous dis *ils* le savaient, c'est sûr. *Ils* ont changé leur plan au dernier moment, juste pour moi. Si ça se trouve mon mari était dans le coup, tiens. Et les enfants pareil. Moi je vous dis, on peut plus faire confiance à personne.

C'étaient pratiquement des raviolis instantanés, quarante secondes dans l'eau, pas plus, et c'était bon – Nathan loua secrètement cette rapidité. Il remplit deux assiettes creuses et tendit la première à Viviane, en prenant soin de ne pas la regarder dans les yeux. Il ne demanda pas non plus qui étaient *ils*, ni ce qu'étaient devenus ses enfants et son mari. Mais l'autre attendait quelque chose, un sourire, un hochement de tête, n'importe quoi, alors Nathan prit sur lui de répondre, d'une voix qu'il voulut la plus neutre possible : eh bien, si on y réfléchit, quand même, ces vacances vous ont sauvé la vie. À mon avis, ça n'est pas rien. La vieille femme loucha un moment dans son assiette de pâtes. Puis releva tout doucement la tête pour présenter deux yeux ronds et vides à Nathan. Elle semblait surprise – soufflée, même. Comme si cette idée ne lui avait à aucun moment effleuré l'esprit avant cet instant. Alors, vu comme ça, reconnut-elle avec lenteur… Oui. Si on veut, oui. Enfin il a fallu que je la sauve, ma vie, je vous raconte pas. Elle raconta un peu quand même : une heure à nager contre le courant dans la rade de Toulon, à mon âge, z'imaginez. Mes bras, mes jambes, je les sentais plus, en fait j'étais tout près de lâcher prise, à un moment je me suis dit Viviane tu vas y rester, tiens, c'est ici que ça se termine pour toi, à trois cents bornes de ton bunker, 'chier. J'ai pas vu ma vie défiler ni ce genre de connerie, pas de lumière blanche au bout du tunnel, non, rien, juste ces putains de courbatures dans les bras et dans les jambes, et puis c'est là que j'ai aperçu les bateaux, au loin. J'étais presque noyée à ce moment-là mais j'ai senti une force, quelque chose qui m'a tenue en vie, je saurais pas l'expliquer, l'instinct de survie sûrement. J'ai nagé jusqu'à la queue du convoi, y avait ces types de la marine qui rassemblaient les survivants, et puis voilà. J'étais sauvée.

Nathan en fit tomber sa cuillérée de raviolis. Il coupa net la parole à la vieille femme – un convoi, vous dites ? Des survivants, il y en a d'autres ? Il s'était à demi redressé, avait soufflé ces mots avec précipitation, les yeux comme deux billes – les yeux fous. Viviane comprit que le sujet était sensible et s'accorda une pause dans la découpe de la charcuterie, pour se pencher sur son assiette. Oui, répondit-elle d'un air grave. Une quarantaine de bateaux qui suivent deux frégates de la marine française. Je dirais cinq cents personnes, peut-être un peu plus. Si vous prenez plein sud, pouvez pas les louper, les premiers mois y vont tourner dans la même zone pour rassembler un maximum de gens. Les brebis égarées dans votre genre. Un sourire bizarre passa sur le visage de la vieille. Ah, fit Nathan en réponse. Il n'était pas capable de mieux, la nouvelle venait de le vider de ses forces. Un convoi. Des survivants. Et même des représentants de l'ordre, de l'ordre ancien, celui qu'il avait cru perdu. Lui aussi s'était cru perdu, il avait même commencé à se faire à l'idée, disons à s'en accommoder, et puis la vieille était apparue dans la nuit, et puis maintenant ça. C'était beaucoup d'un coup. En somme Nathan était sauvé et ne parvenait pas à le réaliser.

Après quoi plus rien n'eut vraiment d'importance, Nathan sentit même la faim l'abandonner. Il avait un cap désormais, quelque part où aller. Plein sud. Le repas avec Viviane n'était plus qu'un obstacle entre lui et sa liberté. D'ailleurs plus grand-chose d'important ne fut échangé dans la cabine de ce petit voilier, on parla courtement du saucisson et du plaisir que ç'avait été d'y découvrir ce fourrage aux noisettes. Viviane acquiesça, ajoutant qu'il s'agissait peut-être de leur dernier saucisson, du dernier saucisson de l'humanité ; ce qui laissa nos deux survivants pensifs, qui savourèrent les dernières tranches avec d'autant plus de plaisir – en revanche l'on ne dit rien des raviolis qui n'étaient après tout que des raviolis en boîte, pas de quoi s'extasier quand bien même ils eussent été les derniers raviolis de la Terre, Viviane et Nathan auraient pu s'accorder sur ce point également. Rien d'intéressant donc, et de toute façon la vieille semblait soudain pressée de quitter cette histoire, elle fut sur le pont de son hors-bord une poignée de minutes après qu'elle eut terminé son assiette, déjà des adieux au bout des lèvres.

Et vous, demanda Nathan comme il s'apprêtait à désamarrer son voilier du hors-bord, d'une voix forte pour couvrir le fracas de la pluie. Le convoi, pourquoi vous l'avez quitté ? Viviane avait rejoint l'ombre et recouvert son visage, il se découpait difficilement dans le noir. Je crois pas à la force du groupe, expliqua-t-elle en enroulant son amarre autour de son coude. Surtout dans ce genre de moment. Pour moi, ce convoi c'est un troupeau de moutons, si vous voulez mon avis. Tout prêt à se faire dévorer par les loups. Nathan plissa les yeux. Il lui sembla que ceux de la vieille brillaient très légèrement sous sa capuche. D'autres calamités vont venir, vous savez. C'est que le commencement. La foudre. La peste. La folie. Le convoi sera frappé en premier – le groupe est toujours frappé en premier. « Heureuses les âmes solitaires quand vient le jugement dernier. » Vous n'avez pas lu Polycarpe ? Nathan dut concéder que non, il n'avait pas lu Polycarpe. Il comprenait maintenant le sourire étrange de tout à l'heure : Viviane méprisait le mouton qu'elle avait deviné en lui. Il comprenait, aussi, que la vieille femme était complètement barge – mais ça, il s'en était douté dès les premiers instants de leur rencontre. Chacun avait rappelé sa corde, les bateaux s'éloignaient déjà à la faveur de la houle. Et puis bon, cria une dernière fois la vieille en brandissant son petit boîtier jaune, la radioactivité, là-bas, je vous raconte pas. Une catastrophe.

*

Plus que jamais, Nathan était heureux d'être un mouton : après une brève heure de sommeil, il se mettait à la recherche du troupeau, plein sud. Il lui fallut deux jours et une poignée de doutes – la vieille avait-elle menti ? Après tout elle n'avait pas toute sa tête, les fous parfois racontaient n'importe quoi, c'était connu – pour apercevoir enfin, un matin, l'aube venait tout juste de se présenter à lui, tout un symbole, la ligne de bateaux sur l'horizon. Deux frégates ainsi que l'avait dit la vieille, une gigantesque et une semi-gigantesque, et dans leur sillon une myriade de petits navires qui allaient comme des canetons dans les pas de leur mère. Trente minutes de plus et le voilier de Nathan rejoignait le convoi, Nathan avait du mal à y croire. Sur les ponts et contre les garde-corps ce n'étaient que silhouettes et sourires, et de grands gestes pour lui souhaiter bienvenue, et d'autres pour lui indiquer où diriger sa barre – presque au cul de la plus grande frégate, où des marins tout en muscles agrippèrent la proue du *Survivant* à l'aide d'un épais câble d'acier. L'un d'eux, jeune et souriant, invita Nathan à grimper à bord. Ce qu'il fit après un tour rapide de sa cabine dans laquelle il se repeigna et rassembla quelques affaires, le strict nécessaire fourré en vrac dans sa vieille besace. Alors, pour la première fois en quinze jours, Nathan quitta le pont de son bateau pour un autre, beaucoup plus grand.

Tout compte fait, Nathan avait accueilli la fin du monde avec un certain aplomb – disons un flegme remarquable. Il s'était accommodé sans trouble de la solitude pour la raison très simple qu'il était seul bien avant la fin du monde ; il était seul depuis toujours. Il eut en revanche davantage de peine à appréhender son retour au monde – en un instant une foule compacte l'entoura, civils et militaires accourus de toutes parts pour observer le dernier venu, lui parler, lui demander des nouvelles du large, si bien que Nathan crut défaillir aux premiers instants, et ne trouva rien à répondre à ces sollicitations nombreuses et confuses. Les visages étaient pour lui des masques troubles, effrayants. Heureusement la cohue fut bientôt dispersée, l'ordre revint lorsqu'un homme, encore un, fendit la foule depuis l'autre bout du navire. Il était un peu plus grand que les autres, un peu plus décoré aussi, des fanions multicolores amusaient toute la partie gauche de son torse – sur son passage, peut-être impressionné par ces décorations, chacun se taisait et s'éloignait de quelques pas, comme pour vaquer à ses occupations. Parvenu jusqu'à Nathan, l'homme retira sa casquette – on a oublié de dire qu'il portait une casquette de marin – et salua dans un sourire blanc. C'est fou comme tout le monde sourit, ici, pensa Nathan derrière ses dents.

Amiral Désérable, annonça l'amiral à Nathan, qui avait déjà deviné qu'il avait affaire à un amiral – en tout cas pas à n'importe qui. Mais vous pouvez m'appeler amiral, pas de chichis : bienvenue ! Nathan se présenta à son tour, d'une voix moins assurée que l'amiral. On fit quelques pas sur le pont, Désérable écartait les bras pour inviter Nathan à embrasser la frégate du regard. Vous avez sûrement des questions, continua l'amiral, ne vous en faites pas, mes hommes vont s'occuper de vous : la procédure est rodée, maintenant. À cette heure on mesure déjà votre navire, on vous dira bientôt s'il rejoint la queue du convoi ou s'il vaut mieux le porter à sec avec les autres, directement sur le pont du *Survivant* (d'un geste il indiqua un coin du pont où des dizaines de bateaux de plaisance étaient entreposés). On a rebaptisé notre vaisseau de tête, précisa-t-il. *Le Survivant*, hein, qu'est-ce que vous en dites ? Mon idée, pour ne rien vous cacher. Devant l'air fier de l'amiral, Nathan souffla que c'était une bonne, même une très bonne idée, tandis qu'il débaptisait secrètement son voilier. Désérable sembla satisfait. Et vous alors, mon vieux. Dites-moi tout : vous faisiez quoi dans la vie, avant. Avant tout ça. C'est le plus important, désormais. Je dois savoir de quoi chacun est capable pour qu'il se rende utile au mieux. C'est un petit monde qu'on reconstruit ici, vous savez. À partir de zéro. Nathan craignait que ses compétences de relecture-correction ne fussent pas les plus prisées en ces temps de fin du monde, alors il répondit sans morgue, avec humilité, qu'il avait longtemps été relecteur-correcteur, dans l'édition. Dans l'édition de livres. L'amiral grimaça. Bon, nous verrons bien, grogna-t-il en tournant les talons, pour faire aussitôt volte-face et attraper Nathan par l'épaule : dans l'édition, vous dites ? Alors il faut vous présenter au capitaine Gomez, bien sûr. Ponton F, cabine 23. Vous verrez que c'est un type extra – c'est un peu notre caution culturelle, si j'ose dire. Désérable voulut cligner de l'œil mais ses deux yeux se fermèrent en même temps. Oui, sûr que Gomez aura quelque chose pour vous. Nathan sourit sans trop comprendre.

L'amiral semblait un homme efficace, en tout cas pas le genre d'homme à perdre son temps : encore étourdi de sa rencontre avec Désérable, Nathan fut envoyé vers Gomez. Emboîtant le pas nerveux d'un caporal, il parcourut ce qui lui sembla des kilomètres de couloirs étroits dans le ventre de la frégate, façon intérieur de sous-marin, jusqu'à parvenir ponton F, cabine 23, où on l'introduisit dans les quartiers du fameux capitaine – en fait une pièce exiguë et presque nue, murs tapissés d'étagères vides et petit secrétaire derrière lequel griffonnait un homme chauve d'une quarantaine d'années. On se salua, on se présenta brièvement. Le caporal fut remercié et referma derrière lui. Gomez et Nathan étaient seuls.

Gomez voulut savoir ce que voulait Nathan, Nathan n'en était pas trop sûr et balbutia que c'était l'amiral, l'amiral Désérable, qui l'avait envoyé ici – rapport à son métier d'avant, dans l'édition de livres. Le visage de Gomez s'illumina. Ah, l'édition ! s'exclama-t-il avant de se rassombrir dans l'instant. Oui, toutes les forces sont bonnes à prendre, je crois. L'amiral, hésita Nathan, qu'est-ce qu'il attend de moi, vous croyez – de nous ? Le capitaine lâcha son stylo et se leva de son siège. Il s'éclaircit la voix. L'amiral a une idée, si vous voulez. Disons une vision : pour lui le monde est fini. Foutu. On ne peut pas vraiment lui donner tort. On a des rapports, des équipes dont c'est le boulot : ils disent que c'est inondé partout. Que ça ne baissera plus. Alors le monde d'avant, *hop*, poubelle – Gomez fit mine de balancer quelque chose par-dessus son épaule. Donc l'amiral a un projet, on fait tous partie de son projet : il veut reconstruire un monde. Une petite société à notre échelle. C'est peut-être le renouveau de l'humanité qu'on s'apprête à vivre. Nathan écoutait religieusement, assez impressionné par l'ambition de l'amiral – un peu dépassé, aussi. Le capitaine Gomez poursuivit, chacun a sa spécialité ici, voyez, économie, santé, politique, pisciculture – on dit pisciculture parce que bon, l'agriculture, hein. Quant à moi, mon truc, c'est la culture. Pas moi qui le dis, c'est l'amiral. J'ai des références, c'est vrai, j'ai écrit quelques petites choses par-ci par-là. Des articles de stratégie navale principalement, mais enfin bon, passons : on m'a confié la tâche de rassembler ce qui pourrait constituer, disons, une culture commune. Gomez entoura *culture commune* de guillemets avec les doigts. Musique, contes populaires, cinéma, littérature, tout ce qui touche de près ou de loin à la culture, en fait. Nathan souffla en réponse. Eh bien, fit-il d'un air accablé. Tout un programme, n'est-ce pas.

Alors oui et non, renchérit Gomez. Ce qu'il y a, c'est qu'on manque de matière. Les gens ont fui et forcément, ils n'ont pas pensé à emporter leurs films, leurs disques, leurs livres – d'autant que la plupart du temps ils n'avaient rien, tout était dans le cloud. Et le cloud, hein, il n'en est plus question. Envolé, le cloud. J'en suis à rassembler les miettes, en quelque sorte. Cette fois c'est Gomez qui semblait accablé. Tenez, la littérature, par exemple. Mère de toutes les cultures ! Eh bien, croyez-le ou non, sur les cinq cent soixante-douze survivants que compte ce convoi, pas un, je dis bien pas un, n'avait un bouquin à me confier. Je sais que les gens ne lisent plus, mais quand même. Résultat : on n'a rien, rien d'où repartir, même pas un petit quelque chose, un livre de cuisine, un guide du Routard, rien : c'est le grand vide. À moins que, vous, peut-être ?

Nathan eut une mimique contrariée. Il n'osa pas avouer tout de suite que lui non plus, à bien y réfléchir, n'avait de bouquin à offrir. Quand on travaille toute la journée dedans la dernière chose qu'on veut, le soir venu, c'est lire un livre – il se racontait parfois ce mensonge pour excuser sa paresse intellectuelle. Bien embarrassé, il plongea une main distraite dans sa besace et fit mine d'y chercher quelque chose. Il s'apprêtait à annoncer que non, désolé mais non, c'était trop bête, il n'avait rien lui non plus, quand ses doigts effleurèrent un amas de papier parmi le linge, les vivres et les affaires de toilette – en fait le coin d'un volume qu'il écorna au passage. Presque surpris de le trouver là, il attrapa l'objet et l'extirpa de son fatras.

Il ne pouvait se douter de rien, qui l'aurait pu, et surtout pas que ce simple geste, la mise au jour du quart de ramette de papier Clairefontaine, format A4, relié à l'aide d'anneaux de plastique noir et protégé par une couverture transparente, sur la première page duquel s'étalaient en grosses lettres *Métaphysique du mérou, par Nathan Verdier*, que cette découverte anodine, donc, marquerait le début d'une incroyable aventure, d'une légende – disons carrément d'un mythe, dont les échos retentiraient encore des siècles plus tard. Inconscient de l'histoire qui s'écrivait dans son sillon, Nathan tendit humblement son manuscrit et bredouilla d'une voix timide que bon, à la limite, il avait bien quelque chose. Si ça pouvait rendre service.

II

Un jour tous sauront le langage
De la mer et des choses sous-marines,
En attendant dites-le, criez-le
Même quand personne n'entend,
Même quand personne n'écoute,
Et alors ce jour adviendra.

Livre de Nthán, 1.18

Quatre cent huit ans, cinq jours et douze heures plus tard, c'était presque cuit, jugea Mrgt en goûtant la soupe de poisson. Oui, une pincée de sel, deux minutes de plus à feu doux et on y serait. Elle entrouvrit la lucarne de la cabine, celle qui donnait sur le pont, et y glissa deux yeux qui trouvèrent Crcè offerte au soleil, dans le hamac tendu du mât à la poupe. Crcè dormait, aussi Mrgt prit-elle sa voix la plus grêle pour susurrer à l'océan ces quelques mots, cri de ralliement millénaire de tous les crève-la-faim : à table, et que ça saute[1]. L'autre en tomba de son hamac, provoquant chez Mrgt un frisson de plaisir coupable. Le temps de remuer la soupe et Crcè était là, ébouriffée dans l'encadrement de la porte, qui traîna son corps nu et grommelant jusqu'à la banquette du coin cuisine, avec une mollesse tout adolescente. Vous avez bien lu, oui, Crcè était nue, entièrement nue : offerte au soleil, on vous a dit. Mrgt porta un regard de dégoût sur les deux petits seins de sa colocataire et la somma d'aller enfiler quelque chose, merde, on n'était pas chez les sauvages ici. Crcè souffla mais s'exécuta,

1. On traduira les échanges dans notre vieux français – la langue du futur s'avère assez dépourvue de voyelles, et les romans sans voyelles ont tendance à lasser.

et cependant qu'elle cherchait son paréo dans l'exiguïté de leur petite cabine, elle présenta tour à tour le galbe de ses seins, ses dessous de bras et son cul à Mrgt, qui fit mine de ne pas relever l'évidente provocation de l'exhibitionniste.

Coupons d'emblée la chique aux libidineux de tout poil : n'allez pas imaginer quelque naïade promenée nue d'un bout à l'autre de l'intrigue, échauffant les sens de son amie jusqu'à provoquer, pourquoi pas, allons-y, un rapprochement saphique entre nos deux pin-up du futur. Non. Crcè approchait les soixante-cinq ans, tout comme Mrgt, et son corps, à force d'exposition au soleil, avait pris ce teint orangé et cet aspect craquelé qu'on retrouve chez nos plus beaux spécimens de retraités méditerranéens. Alors oui, peut-être a-t-on appris que tous les corps sont beaux, les minces, les gros, les jeunes, les vieux, mais il faudrait voir à ne pas trop exagérer, quand même – en tout cas pour Mrgt c'était trop, quinze ans qu'elle se fadait l'impudeur de Crcè, la tolérance pour elle c'était fini depuis longtemps. Et puis pour manger, bon, ça n'était tout de même pas très hygiénique.

Le paréo retrouvé, on soupa. En silence d'abord, mais Mrgt n'en avait pas terminé avec les reproches alors elle attaqua bientôt, l'œil torve. Tu te souviens de ce qu'on avait dit, au sujet de la soupe ? demanda-t-elle sèchement. Crcè secoua la tête. Elle ne se souvenait pas. On avait dit qu'on la ferait chacune son tour. Mrgt abandonna sa cuillère en travers de son assiette. Crcè continua à manger, comme si de rien n'était. Ah, fit-elle avec indifférence. Oui, peut-être. Un silence. Le rouge montait déjà aux joues de Mrgt, qui demanda encore : c'est quand, la dernière fois que tu as préparé la soupe, au juste ? Oh, c'est pas si vieux, rétorqua l'accusée. La semaine dernière, non ? Juste après le convoi des salines. Mrgt ferma les yeux. C'était un potage. Rien à voir et tu le sais. Et c'était le premier en deux mois – parce que oui, j'ai compté, figure-toi, et ça fait deux mois que je me tape la tambouille tous les jours pendant que tu te la coules douce. Deux mois sans compter le potage, se défendit Crcè, mais devant le regard noir de sa colocataire elle chercha une nouvelle excuse, vite, et ne trouvant rien baissa les yeux, haussa les épaules : tu sais bien que moi, la cuisine…

Il y a une expression, tu sais, continua Mrgt avec morgue. La tête et les jambes. On dit ça des gens qui vont par deux, il y a la tête et il y a les jambes, l'esprit et l'action. Tu vois le truc. Crcè releva deux yeux vides sur Mrgt, où brillait l'incompréhension. Dans notre cas, expliqua Mrgt, j'ai un peu l'impression d'être la tête *et* les jambes. L'autre fronça les sourcils. Et moi, je suis quoi ? s'étonna-t-elle d'un air boudeur. Mrgt se pencha sur la table : c'est bien le problème, fit-elle dans un sourire mauvais. L'estomac, peut-être ? Je ne vois rien d'autre. Cette fois Crcè comprit qu'il fallait se défendre, la seule nonchalance ne la tirerait pas des griffes de Mrgt. Ma soupe elle est dégueulasse ! gronda-t-elle en repoussant son assiette. C'est même toi qui l'as dit. On va quand même pas manger de la merde un jour sur deux sous prétexte que Madame fait la gueule. Mrgt leva les yeux au ciel. Trop facile, ça. À ce compte-là moi aussi, je peux saboter tout ce que je fais, et puis *hop*, plus besoin de travailler de ma vie. En retraite, la Mrgt ! Elle est pas belle, la vie ? Crcè pouffa et s'étendit au fond de la banquette. Plus besoin de travailler, répéta-t-elle d'un air songeur. C'était notre plan, tu te souviens. Disons que j'applique notre mantra professionnel à ma vie privée, là. Tu devrais être fière.

Encore ce ton rieur, ce ton de peste. Mrgt visualisa le meurtre de Crcè, un meurtre en trois étapes : elle la noyait puis la réanimait, puis la noyait encore, pour de bon cette fois. Cet accès de violence imaginaire fit glisser un peu de colère de ses épaules. Le reste s'envola avec la grande exclamation de Crcè, soudain plus nonchalante du tout, qui leva un doigt fébrile vers la baie vitrée. Sur l'horizon le soleil avait commencé de sombrer et, comme il s'étalait sur la mer, il brillait désormais d'un feu rouge, et autour les nuages eux aussi étaient rouges. Par-dessus ce gros œuf de lump se découpaient, en ombres chinoises, les silhouettes de tout petits navires, voguant les uns à la suite des autres. Regarde ce qu'on a là ! s'exclama encore Crcè en bondissant de son siège. Avec un beau soleil rouge, en prime. C'est-y pas beau ?

Un sourire béat figea Mrgt dans la contemplation de ce gros soleil rouge, et du convoi qui allait sur l'horizon. Deux dollars se dessinèrent dans ses yeux, façon dessin animé, sauf qu'à y regarder de plus près ça n'était plus des dollars mais les corps frétillants de deux merlans embrochés, bien frais et bien dodus. C'était un coucher de soleil à deux cents merlans, peut-être même plus. Le genre de coucher de soleil capable de suspendre une inextricable dispute, comme il n'en survient jamais dans la vraie vie. Un coucher de soleil de film américain.

*

On ne perdit pas de temps – la machinerie était huilée. Crcè courut aux quatre coins du bateau mettre le feu aux encensoirs tandis que Mrgt sortait les cloches de la remise. Bientôt, les habitants du convoi de pêche – les grands filets tendus au cul des navires ne trompaient pas – virent apparaître *L'Rch*, c'est ainsi que Crcè et Mrgt avaient nommé leur navire, dans le soir tombant. Cinq petites lueurs enrobées de fumée et accompagnées d'une musique de fanfare, les cloches sonores que tintaient les deux femmes sur le pont du navire. Sur la coque, peints en grosses lettres blanches, quelques mots annonçaient la couleur aux pêcheurs :

Méditation – Guérison de l'âme – Vitalité
Résultats garantis

Parvenues tout près du convoi, nos deux entrepreneuses s'époumonèrent. Soleil rouge ! crièrent-elles à tue-tête. Soleil rouge : lavez votre âme sous le soleil rouge ! Il n'était pas temps d'économiser ses forces, un soleil rouge c'était le jackpot assuré. Sans doute la plus belle réussite de leur carrière, une bête association d'idées au départ, soleil rouge égal purification de l'âme, un bruit qu'elles avaient fait courir, d'abord un murmure et puis finalement une rumeur, et puis enfin une vérité : sous le soleil rouge, les badauds donnaient désormais leur chemise pour qu'on les purifie. Après Noël, on n'avait jamais inventé meilleur coup marketing. Et elles dansaient, Mrgt et Crcè, elles tapaient du pied sur le pont de *L'Rch* au rythme de leurs cloches, elles remuaient le plancher du navire jusqu'à faire vibrer l'eau – jusqu'à faire vibrer le cœur des pêcheurs, qui accoururent bientôt contre les bastingages. Soleil rouge !

L'anguille était ferrée, restait à remonter la ligne. On s'amarra au convoi et l'on fit passer un ponton de bois du côté des pêcheurs. Alors ce fut la ruée vers L'Rch : à la queue leu leu, une assemblée nourrie se pressa sur le pont, les bras chargés d'offrandes réservées à la mer et au soleil – pour lesquels Crcè et Mrgt feraient l'intermédiaire avec joie. Les caisses de merlans, ventres de mérous, yeux d'anchois et alcools distillés à l'eau de mer s'entassèrent derrière elles jusqu'à former une montagne d'abondance, comme rarement elles en avaient vu. Quand on sait les taxes qui écrasaient les navigateurs et les quotas de pêche récemment instaurés par l'Empire, il y avait de quoi juger ce spectacle indécent. Au fond des yeux de Mrgt brillaient encore les deux merlans embrochés, $$. Crcè avait un mot d'accueil pour chacun des arrivants, ou plutôt chacune : à dire vrai l'assemblée ne comptait que des femmes, comme chaque fois qu'elles abordaient un convoi. Face à ce constat, Crcè et Mrgt avaient brodé tant et plus autour du concept de sororité, elles en avaient fait une marque de fabrique, un mantra : entre femmes et entre femmes seulement, l'on pouvait atteindre la grâce de l'espr…

Ah ! sursauta Crcè comme elle saluait l'une des dernières venues sur le pont. Vous êtes, mais, enfin, c'est…, Mrgt ? appela-t-elle finalement d'une voix blanche. Mrgt s'approcha pour constater, à la suite de Crcè, qu'un jeune homme s'était glissé parmi les femmes des pêcheurs. Tout juste adulte, le visage pur, la silhouette fine et les cheveux mi-longs – à croquer, jugea Crcè sans se préoccuper du demi-siècle qui les séparait. Il portait dans ses bras un mérou entier, trente kilos facile. Mrgt en fut impressionnée. Pour le soleil rouge, balbutia-t-il en tendant les bras, les yeux bas et les joues cramoisies. Oh ! Mrgt tenta de rassembler ses esprits. C'était la première fois que ce cas de figure se présentait. C'est que, eh bien, mon garçon, pour ainsi dire on n'enseigne qu'aux femmes, vois-tu, et puis, bon… Une petite femme aux joues rondes surgit dans le dos du jeune homme et tendit une main implorante vers Mrgt. Mon fils, fit-elle presque sur un ton d'excuse. Il est, vous savez. Différent. C'est un sensible, un poète – la pêche, ça ne l'intéresse pas. Le soleil en revanche, et l'Esprit de la mer… Faites-lui ce plaisir, je vous en prie. Dans le fond c'est un très bon garçon. Elle ébouriffa les cheveux du très bon garçon, qui dut se pencher pour l'y aider. Mrgt hésita un instant. Tous les regards étaient sur elle. Elle eut un coup d'œil pour Crcè. Elle eut un coup d'œil pour le gros mérou. Les deux merlans embrochés se surimprimèrent dans son regard. Bah, fit-elle. Elle tira mentalement un trait sur la sororité – pas un trait, se ravisa-t-elle aussitôt, disons une parenthèse. Oui. Une petite parenthèse de trente kilos facile.

Il fallait maintenant leur en donner pour leurs offrandes. À l'arrière de *L'Rch* était amarré un autre bateau, un ancien bac reconverti en piste de méditation. On prit place là où on le pouvait, en rangs d'oignons, et les maîtresses de cérémonie se mirent à l'avant du bac pour diriger la séance. Alors, sous le soleil rouge qui prenait son temps pour mourir dans la mer, on médita.

Il n'existait pas de séance-type, du moins pas encore : Crcè et Mrgt improvisaient au gré des convois qu'elles croisaient, expérimentant des nouveautés de temps à autre, conservant ce qui électrisait la foule et abandonnant ce qui fonctionnait moins, à la manière d'apprentis gourous. Leur méthode était en réalité un mélange de yoga, de chamanisme, de pratiques ésotériques diverses, enfin tout un bazar de connaissances troubles passées de bouche en bouche au travers des siècles. Ainsi engagèrent-elles leurs ouailles à saluer le soleil, puis la mer, puis à accueillir le poisson qui sommeillait en elles, puis on fit quelques étirements, on pria l'Esprit de la mer et enfin on se mit à danser, au son du tambourin qu'avait Crcè après elle. Mrgt avait été mauvaise langue au moment de la soupe, plus tôt dans la soirée, Crcè était parfois capable d'intuitions géniales, et celle du tambourin en faisait sans conteste partie. Depuis qu'elles avaient invité le tambourin à leurs séances, leur petite affaire avait pris une ampleur nouvelle. Ce soir encore, le son du tambourin alluma une flamme au cœur de l'assemblée, et l'on dansa comme si on avait bu. Les inhibitions s'envolèrent avec le coucher du soleil. Certains vêtements glissèrent au sol. On assista à deux transes et à quatre évanouissements, tous très réussis. Crcè qui, plus que Mrgt, avait le sens de la musique, improvisa un chant venu du fond des âges, une espèce de *yé ah wah ouh yé ah wah* scandé sur un air guerrier, comme aurait pu en entonner un Sioux quelque mille ans en arrière. Les ouailles redoublèrent d'ardeur à ce signal. Et nos deux amies, qui eurent l'une pour l'autre un regard entendu, surent aussitôt que ce chant serait désormais adopté. Ainsi naissait une religion, sans que personne en ait presque conscience. Empiriquement.

Beaucoup plus tard, la nuit avait tout pris, Crcè et Mrgt rentraient à leur cabine, zigzaguant entre les tas d'offrandes abandonnées sur le pont. Mrgt embrassa *L'Rch* des yeux, leur réussite, avec un air de fierté. *Ne plus jamais travailler de leur vie.* On pouvait dire qu'elles avaient accompli leur rêve. À l'aveugle, Mrgt saisit une bouteille et l'approcha tout près de son visage. Elle reconnut une eau-de-vie, probablement de la gnôle d'algues vertes. Alors, quoi, lança-t-elle à Crcè. On s'en jette un petit ? Crcè eut un sourire coupable. Elle non plus n'avait pas sommeil.

*

Au réveil, très après l'aube, il fallut se tirer du lit, mais aussi rassembler ses esprits, c'est-à-dire décuver, et congédier discrètement le jeune homme de la veille, qui s'éveilla nu aux côtés de Crcè. Ceci accompli, on s'employa à dégager *L'Rch* du convoi de pêcheurs pour reprendre sa route, chacun de son côté. On avait déjà dépouillé ces gens, des proies plus fraîches attendaient qu'on les ferre, un peu partout sur les mers. Aux suivants.

Mais, comme Mrgt s'apprêtait à faire basculer la passerelle éphémère, un petit groupe de pêcheurs la rejoignit sur le pont. Un homme d'un âge avancé, sans doute le patriarche, s'inclina devant elle. Voudrions vous r'joindre, grogna-t-il dans sa barbe. À la suite de vot' bateau, si vous l'permettez. Dans son ombre les femmes et les jeunes filles vibraient d'espoir. Mrgt prit un air étonné. Allons bon. Nous rejoindre – et profiter de notre enseignement, sans doute ? On acquiesça vivement. C'est que ça coûte, hein, continua Mrgt. Du temps, de l'énergie. Sans compter ce que demandera l'Esprit de la mer. On pêchera, implora une femme parmi les pêcheurs. On sait faire que ça. On vous donnera du poisson. Tous les jours, du poisson.

Mrgt releva un sourcil. Du poisson ? Hmm. Oui, peut-être. Après tout. Je ne sais pas, disons. Disons un merlan par jour, et par famille. Ça vous semble faisable ? Sous réserve que l'Esprit de la mer accepte, bien sûr. Le patriarche hocha la tête. Un merlan plein par jour, oui, c'était faisable. Mrgt en fut heureuse – et nos pêcheurs étaient chanceux, l'Esprit de la mer lui souffla qu'il acceptait au même instant. Un petit vent de joie ébouriffa les cheveux des pêcheurs. Il y avait là deux familles, deux bateaux – c'est-à-dire deux merlans par jour – mais pas la famille du jeune homme de la veille, au grand dam de Crcè. Tant pis, on les prenait quand même.

Eh bien, conclut Mrgt, c'est entendu : mettez-vous à la queue du convoi. Et, disant cela, elle tendit le bras vers le lointain, très après la poupe de son navire, invitant le caméraman de la scène à opérer un plan large sur la mer, intervention d'un drone ou d'une équipe héliportée obligatoire, rallonge budgétaire âprement négociée avec le producteur, qui accepte en grinçant des dents, combien ça va encore me coûter cette histoire, mais qu'importe, le résultat est là : dans le sillon de *L'Rch* apparut soudain une bonne quarantaine de bateaux, étendue à la queue leu leu sur l'océan. On avait cru Mrgt et Crcè seules mais c'était faux, ne faites jamais confiance au narrateur, voilà des mois qu'elles ramassaient de pauvres âmes dans leurs filets, famille après famille, merlan après merlan. Leur petite affaire ne cessait plus de grandir.

Madame, ajouta une petite voix glissée à l'attention de Mrgt, déjà partie pour un monde de brume et de chiffres où les merlans s'additionnaient, se multipliaient, des merlans au carré qui frétillaient parmi les nuages. Faut qu'on vous dise… Crcè l'avait rejointe, elle et Mrgt ouvrirent deux yeux ronds sur une petite jeune femme, tout apeurée, qui regardait ses mains. Il y a six jours, sur le méridien 56, bredouilla-t-elle. Elle nous est apparue sur son vaisseau fantôme… Autour d'elle, les pêcheurs acquiescèrent, souscrivant par avance à ses paroles. La femme-liche, souffla-t-elle. C'était la femme-liche. Le cœur de Crcè et Mrgt fit un bond en arrière. Elle a… La jeune femme cherchait ses mots. Elle a arraché deux dents au vieux Gbrl – ça, c'est nous qui lui avons demandé, z'étaient pourries – et puis… Et puis… Et puis elle a demandé après vous. Les femmes de l'Esprit de la mer. Elle vous cherchait, mesdames.

Crcè avala une salive épaisse, lourde d'appréhension. Mrgt vit s'abattre un voile sombre devant ses yeux – et à travers ce voile, qui s'avançait parmi les nuages et gobait un à un les merlans frétillants, la silhouette d'un mérou à l'air patibulaire. Un gros mérou bourré d'emmerdes.

*

Qu'est-ce qui avait bien pu changer ? se demandait parfois Mrgt les jours qu'elle prenait du recul sur leur petite aventure. À peu près tout, depuis qu'elles avaient pris la mer avec Crcè, vingt ans en arrière, quand il fallait mendier son poisson en échange de bénédictions des eaux ou même pire, le pêcher soi-même – jusqu'à aujourd'hui où le poisson venait tout seul à *L'Rch*, avec sa horde d'ouailles naïves comme des anchois. Chaque jour, le filet de mensonges que Mrgt et Crcè avaient tendu après elles en ramenait un peu plus, toujours un peu plus à *L'Rch*. Leur histoire avait commencé sur une barque. Elles menaient désormais un convoi à faire pâlir les casquettes.

Il avait cessé de pleuvoir. Oui, à bien y réfléchir, c'était parti de là. Toute sa vie, Mrgt n'avait connu que la pluie, le monde entier vivait sur et sous l'eau, et puis soudain, sans qu'on sache trop pourquoi, comme si la source s'était tarie, il avait cessé de pleuvoir. C'était il y a huit ans. Après ça, rien n'avait plus été comme avant. Crcè avait perdu l'habitude de s'habiller, déjà, ce qui avait constitué, à l'échelle de *L'Rch*, un sacré bouleversement du quotidien – du jour au lendemain, Mrgt avait dû faire une place à deux petits seins, une paire de fesses et un buisson envahissants. Et puis quelque chose était né dans le cœur des hommes, un je-ne-sais-quoi d'espoir, de goût du renouveau. Pas grâce au cul nu de Crcè, non, c'eût été lui prêter plus de pouvoir qu'il n'en avait : grâce au soleil. On avait vécu des siècles sans autre horizon que la pluie et voilà que soudain, le soleil se levait. Alors on avait commencé d'espérer. D'attendre aux lendemains meilleurs. Un vent de liberté décoiffait désormais l'humanité, que le gouvernement militaire s'était attaché à faire taire aussitôt qu'il en avait perçu le souffle. Le gouvernement militaire était insensible au soleil, insensible à l'espoir. Mrgt, Crcè et bien d'autres après elles s'étaient engouffrées dans ce vide laissé par l'armée, cet espoir déçu. Les hommes avaient besoin de quelque chose en lequel croire. De quelque chose de plus grand qu'eux. Mrgt et Crcè leur en donnaient, elles les gavaient de grandeur et d'espoir. Et on les payait grassement pour ça.

Mais voici qu'on leur réclamait la rançon de la gloire : la femme-liche était après elles. Tu y crois, toi ? demanda Mrgt à Crcè le soir venu – elles sirotaient un cocktail maison (eau-de-vie, eau de mer, encore eau-de-vie), côte à côte au fond du hamac. Crcè s'était couverte, les couchers de soleil étaient frais ces temps-ci. Hmmm ? fit-elle depuis le sous-sol de ses pensées. La femme-liche, précisa Mrgt. Ah. Un petit nuage de morosité se forma au-dessus de *L'Rch*. Tu y crois, à ses pouvoirs ? C'est difficile à imaginer, hésita Crcè, en partie pour se rassurer. Son instinct lui disait que la femme-liche était une arnaqueuse, tout comme elle, mais les escrocs ont tendance à voir des escrocs partout, c'est connu, alors Crcè doutait un peu. Et si c'était vrai ? martelait le démon de la superstition au fond de son esprit. Elle a sûrement tout inventé, continua-t-elle pourtant. Y a des filous partout, de nos jours.

Les deux amies échangèrent un sourire malicieux. Quand même, on raconte de ces choses, insista Mrgt, décidément soucieuse. Crcè haussa les épaules. À ce compte-là, on raconte aussi des choses sur nous. On se tut un moment – Crcè avait marqué un point. Me demande quand même ce qu'elle nous veut, grogna finalement Mrgt. L'eau-de-vie passa de main en main. Paraît qu'elle arrache les dents comme personne, un coup de burin et *hop*, c'est parti, t'as rien senti. Et qu'elle rétablit ton transit en trois jours. Crcè ferma les yeux. Elle gonfla légèrement sa mâchoire comme elle tentait d'imaginer ce que serait sa vie sans chicots, et sans maux de ventre. Mrgt soupira. Si ça, c'est pas de la magie.

Plus tard elle s'endormit dans son lit ou au fond du hamac, difficile à dire, et rêva que la femme-liche surgissait soudain des eaux à bord de son vaisseau fantôme. Apparemment ses pouvoirs n'étaient pas du chiquet puisqu'elle les transformait, elle et Crcè, en lions de mer dodus qu'on forçait à jouer un spectacle à base de roulades et de cerceaux, devant une foule particulièrement difficile – on leur jetait des têtes de merlans morts chaque fois qu'elles rataient une figure, ce qui arriva souvent. Il faut dire qu'on leur avait laissé très peu de temps pour répéter. Il faut dire, aussi, qu'avant de s'assoupir Mrgt avait un peu forcé sur l'eau-de-vie.

On s'éveilla en sursaut, beaucoup trop tôt, au hurlement des sirènes et des mégaphones. Dans la confusion le cerveau de Mrgt associa la lumière qui l'aveuglait au grand jour, et puis elle comprit qu'il s'agissait de projecteurs braqués sur *L'Rch* au milieu de la nuit, elle comprit que les mégaphones hurlaient après elle, après elles, et que des formes menaçantes avançaient sur le pont, alors son cerveau associa le danger à sa dernière pensée lucide : elle se redressa vivement dans son lit (finalement c'était bien son lit) et hurla que c'était la femme-liche. La femme-liche était là !

En fait non, ça n'était pas du tout la femme-liche – le cerveau a parfois de ces idées. Des hommes nombreux firent irruption dans la cabine, qui encadrèrent virilement les deux femmes, les saisirent tout aussi virilement, firent enfiler quelque chose à Crcè (les nuits étaient fraîches mais l'alcool les rendait moites, alors Crcè préférait dormir nue), et enfin tout ce petit monde sortit sur le pont où l'on alignait les habitants du convoi, têtes basses, yeux hagards. Ne manquaient que les menottes pour achever le tableau, une vraie descente de flics de l'ancien temps. Sonnée, encore à moitié saoule, Mrgt vit avancer sur elle la haute silhouette d'un militaire. Un gradé, mains dans le dos, gros nez et regard de glace – elle n'en distinguait pas davantage, il se découpait en ombre chinoise sur les ronds aveuglants des projecteurs, toujours braqués sur le pont. Amiral Tdd, annonça-t-il d'une voix sévère, se plantant devant Mrgt et Crcè.

Il les salua avec nonchalance, d'une pichenette à la visière de sa première casquette. En ce temps-là les militaires portaient des casquettes empilées les unes sur les autres, plus vous étiez gradé plus vous en portiez (l'amiral arborait la bagatelle de huit casquettes lorsqu'il se présenta à nos deux héroïnes). Les civils, dont l'imagination ne connaissait aucune limite, appelaient les militaires *les casquettes* – pas en leur présence, c'était une expression moqueuse. Péjorative. Et de fait, la casquette avait pris une signification très négative dans le monde civil, plus personne aujourd'hui n'y portait de casquette, sauf à vouloir passer pour un parfait crétin (certaines choses ne changent pas).

On vous réveille, peut-être, avança l'amiral avec morgue. C'est que je suis plutôt du matin, voyez-vous. Mrgt et Crcè ne bronchèrent pas. Il continua : voilà l'histoire. Tout à l'heure, je faisais mes exercices sur le pont, comme tous les matins, flexions, abdominaux, fessiers ; jusqu'ici, la routine. Et puis soudain, j'aperçois ce convoi au loin, ce joli convoi de quoi, cinquante navires peut-être, qui file à travers la nuit. Pour un peu je vous loupais, on distinguait à peine les coques dans le noir, à vrai dire ça s'est joué à ça (il indiqua un rien du pouce et de l'index). Alors je me dis, Tdd, un convoi pareil, sûr qu'il est enregistré dans nos registres, qu'il est à jour de ses taxes, enfin que tout est en règle. Faudrait être fou pour mener un convoi pareil sans être parfaitement en règle, que je me dis. Pas vrai ? Un nouveau silence, en forme d'aveu quant à la rigueur administrative des deux femmes. À cet instant un marin s'approcha du gradé et lui fit passer une liasse de documents – Mrgt reconnut le manifeste de bord de *L'Rch*. L'amiral le parcourut rapidement, à la lumière des projecteurs. Bien ! s'exclama-t-il en faisant quelques pas sur le pont. Diseuses de bonne aventure, hein ? *Méditation astrale*. Sa voix prononça ces deux mots avec des italiques, ainsi qu'une lourde dose d'ironie. Cinq navires – c'est écrit là, fit-il en montrant le papier à la ronde, un doigt sous la mention *cinq*. C'est marrant, j'aurais juré en avoir vu cinquante. Il revint tout près de Mrgt et Crcè pour se pencher sur elles, qui contemplaient leurs pieds nus sans trop savoir quoi dire – des enfants pris la main dans le sac. Vous voulez que je vous dise, leur souffla l'amiral, c'est très bien qu'on se rencontre enfin, vous et moi. On a beaucoup de choses à se dire. Mrgt voulut ravaler sa salive mais sa bouche était sèche. Aucune pensée solide n'affleurait dans le vide qui peuplait son esprit.

Et regardez-moi ce poisson ! exulta le gradé en découvrant les réserves empilées contre la cabine, lourdes et nombreuses caisses toutes remplies à ras bord. Il s'en approcha, déplaça quelques bacs, échangea à voix basse avec ses soldats. Vous avez déclaré ces entrées, j'imagine ? lança-t-il aux capitaines. C'était une tournure rhétorique, il savait déjà la réponse. À pas lents, il savourait l'instant, l'amiral Tdd revint près de nos héroïnes. Voilà ce que je vous propose, glissa-t-il à mi-voix, sur le ton de la confidence. Mes gars et moi, on embarque un tiers de la cargaison. On balance le second tiers à la mer parce que ça m'étonnerait que vous respectiez les quotas, j'ai pas besoin de compter pour le savoir, rien qu'à vos têtes je sais à quoi m'attendre. Le dernier tiers, bon, on n'y touche pas. On n'est pas des sauvages. En revanche, j'hésite encore pour vous deux. Est-ce que je vous boucle à fond de cale, est-ce que je vous balance à la mer avec le poisson ? Pas facile, comme décision. Vous en dites quoi ?

Est-ce qu'on pourrait. Mrgt se fit violence pour relever les yeux. Est-ce qu'on pourrait en parler dans notre cabine ? implora-t-elle du regard. L'amiral passa deux doigts sous sa pile de casquettes pour se gratter la tête. Il ne trouva aucune raison de refuser. Accordé, fit-il avec dédain.

On passa donc dans la petite cabine de *L'Rch* – très exactement entre le coin cuisine et le lit défait de Crcè. Mrgt comprenait qu'il n'était plus temps d'hésiter : elle y alla franco. Qu'est-ce que vous voulez ? demanda-t-elle à Tdd. Qui fit mine de ne pas comprendre. Alors elle précisa : quel est votre prix pour nous laisser tranquilles ? Nos salaisons ? On en a plein les cales, prenez tout, si vous voulez. Même la réserve de sel, on vous la laisse – disons les trois quarts de notre sel, se ravisa-t-elle aussitôt. Faut bien vivre. L'amiral Tdd prit une mine faussement outrée. Un fin sourire abîma le coin de sa bouche. Vous ne m'aurez pas avec ça, rétorqua-t-il en jetant un œil au dehors, comme pour s'assurer que ses soldats n'écoutaient pas. Si vous croyez pouvoir m'acheter avec une séance de méditation gratuite – une séance de groupe, valable pour ma femme et ses amies – vous vous fourrez le doigt dans l'œil. C'est moi qui vous le dis. Mrgt et Crcè ouvrirent grand la bouche, puis la refermèrent. C'est-à-dire que, hésita Crcè. Personne n'a parlé de – ce serait insultant, la coupa Tdd en levant une main innocente entre elles et lui. Il faudrait au moins ajouter, je ne sais pas, disons trois prières de purification de l'âme et puis, peut-être, une transe chamanique pour que je considère votre offre. Il fallut une poignée de secondes à nos deux capitaines pour comprendre ce qui se jouait à cet instant. Elles avaient beau avoir l'escroquerie dans le sang, l'amiral les dépassait de beaucoup en malice. Alors, répéta Mrgt d'une voix blanche, incrédule, une séance de groupe ? Et puis… Trois prières et une transe ? Écoutez, s'emporta Tdd en improvisant des gestes incompréhensibles, ça me gêne, non, c'est… J'insiste, avança Mrgt en plantant ses yeux dans ceux de l'amiral. Hmmm. Tdd regagna soudain son calme – il maîtrisait son rôle à la perfection, un voleur né. Et un éveil au chant des sardines, murmura-t-il encore. Pour ma petite dernière.

Mrgt eut un mouvement de recul. L'amiral exagérait, c'était manifeste. En valeur, ce qu'il réclamait représentait bien plus que les deux tiers du poisson qu'il prétendait confisquer. D'un autre côté, ses soldats et lui avaient le pouvoir de les passer par-dessus bord, elle et Crcè, ce qui pesait dans la balance, forcément. Elle hésita, pas trop longtemps. Puis soupira face au sourire de Tdd, qui connaissait la suite. Allez, trancha-t-elle avec amertume. Et un éveil au chant des sardines pour la petite dernière.

*

Disons qu'on garda cette rancune au cœur, les casquettes étaient des sauvages, des voleurs, ils étaient tout ce qu'on voulait. Mais on oublia vite de leur en vouloir, trop heureuses qu'on était d'être en vie, et on passa à autre chose. D'autres convois, d'autres séances de méditation (payantes celles-là), d'autres navires happés dans le sillon de *L'Rch*. Le temps se décompta comme il l'avait toujours été pour Mrgt et Crcè, c'est-à-dire pas en jours ni en mois mais en caisses de merlans et en litres d'eau-de-vie. On mangea et l'on but d'autant plus qu'on avait le sentiment d'avoir frôlé la mort, mues par une pulsion de vie nouvelle. On joua trente-six fois du tambourin. On passa huit cent soixante-douze heures au soleil, nue comme un ver. On attira dix-huit jeunes hommes dans son lit. Et puis, comme une évidence scénaristique, parce qu'on n'est pas le genre d'auteur à inventer un personnage pour ne pas s'en servir, vint la rencontre avec la femme-liche.

Elle apparut dans un décor à gros budget – un décor de scène finale. Le soir tombait sur l'horizon et le ciel rougeoyait d'un rouge jackpot, donnant à toute chose cette teinte irréelle, une teinte de feu. Un peu de brume se surajoutait au tableau, en nuages cotonneux déposés à la surface de l'eau, et le paysage tanguait dans les yeux de Mrgt et Crcè, qui devisaient au fond du grand hamac de *L'Rch*. Soudain, comme elles regardaient au large, un convoi de navires leur apparut – un convoi nombreux, l'ombre des mâts se dessinait par-dessus le soleil rouge comme un gros œuf de lump, et Mrgt se mit à compter les mâts en se précipitant contre le bastingage, dix mâts, vingt mâts, des mâts par centaines, comme autant de familles qui viendraient bientôt déposer le butin de leur pêche à ses pieds, à leurs pieds, Mrgt et Crcè, reines du vent et bonimenteuses professionnelles. Elles sortirent les cloches, embrasèrent les encensoirs, portèrent la barre vers ce convoi juteux mais lorsqu'elles crurent l'atteindre, comme elles dansaient déjà et hurlaient sur le pont, le train aux mille navires s'évapora dans la brume. Par enchantement. Par enchantement toujours un vaisseau, un unique vaisseau noir dont les deux voiles étaient faites d'algues gigantesques, surgit de l'eau sous le nez de *L'Rch*. À sa proue, une sirène sculptée dans le bois présentait deux yeux rouges, deux yeux qui paraissaient saigner. Depuis le pont, des volutes de fumée s'échappaient pour mourir dans la mer. Un air lugubre, enfin, du genre que produisaient les orgues disparus des siècles auparavant, accompagnait cette apparition.

Tout ceci, faut-il le rappeler, par pur enchantement. À moins que ce ne fût l'eau-de-vie.

Mrgt et Crcè étaient restées figées dans la terreur. Le vaisseau fantôme acheva tranquillement sa manœuvre et vint se ranger le long de *L'Rch*, flanc contre flanc. Sur sa coque était gravée l'enseigne, en lettres d'or, qui annonçait :

Femme-liche
de mère en fille depuis une génération
Soins dentaires – Optique – Psychanalyse
(autodidacte)

Des mots qui sonnèrent comme un requiem à l'oreille de nos deux héroïnes, que l'alcool n'aidait pas à garder les idées claires. Dans un instant la foudre les frapperait l'une et l'autre, c'était certain, et cette fois c'en serait terminé d'elles et de leurs petites arnaques. Pour de bon. Elles attendaient la fin. Mais ce fut un visage, un visage pâle surmonté d'une tignasse corbeau, qui se présenta à Mrgt et Crcè, par-dessus le bastingage. Un visage qui leur dit, d'une voix claire : je cherche les femmes de l'Esprit de la mer. C'est bien vous ? On ne pensait plus à mentir, les deux amies acquiescèrent timidement. Bien, se félicita l'autre. Est-ce qu'on pourrait se voir pour discuter, vous et moi ?

Comme on tardait à lui répondre elle ajouta, avec un peu d'entrain : j'ai une super tisane au plancton.

La cabine de la femme-liche était un musée des horreurs. De hautes vitrines couraient aux quatre murs, derrière lesquelles était rassemblé tout le nécessaire à cauchemar, crânes de poissons divers, bocaux où suintaient méduses, blobs, têtes de mérous aux yeux exorbités, tous types de poignards ensanglantés et même de vieux animaux empaillés – d'étranges animaux à quatre pattes que Mrgt et Crcè n'avaient jamais vus de leur vie. Quant à la femme-liche, c'était un être long et fin habillé d'une robe noire qui s'évasait au sol, donnant le sentiment qu'elle flottait lorsqu'elle se déplaçait. Quoique très jeune en apparence, elle surdosait la poudre blanche sur sa peau – elle était pâle comme le cul de Crcè au temps où il pleuvait encore – et soulignait ses yeux de traits sombres qui rendaient son regard inquiétant. Ses cheveux formaient une mousse noire dressée vers le ciel. Elle était en tout point terrifiante.

Pour le moment elle finissait de verser l'eau chaude dans les tasses de Mrgt et Crcè, installées dans deux fauteuils dodus. Elle-même prit place derrière un large secrétaire en ébène. Je suis contente de vous trouver enfin, fit-elle pour briser la glace. Sa voix était douce, nota Mrgt, bien plus que ce que son allure démoniaque laissait imaginer. Je pense que vous l'aurez deviné, bon, c'est vrai que les gens me connaissent par ici : je suis la femme-liche. Ni Mrgt ni Crcè ne tombèrent de leur chaise à ces mots. On goûta la tisane pour se donner une contenance, *outch*, c'était encore trop chaud. Crcè hésita : excusez-moi, bredouilla-t-elle, mais je me suis toujours posé la question. Pourquoi la femme-liche ? Qu'est-ce que ça veut dire ? Aucune idée, répondit la femme-liche du tac au tac. Je me suis dit que ça sonnait bien, fin de l'histoire. C'est vrai que ça donne un genre, hein, vous ne trouvez pas ? Mrgt plissa les yeux et sentit sa respiration s'allonger, s'épanouir. L'escroc qu'elle reconnut en face d'elle, qui jouait avec brio le rôle qu'elle s'était attribuée, la rassura dans l'instant. C'était comme contempler un miroir.

Votre affaire, là, chapeau, continua la femme-liche en mimant un applaudissement. Ça fait un moment que je vous suis et je peux vous dire que c'est de l'art. Du grand art. *Outch* – la tisane était toujours trop chaude, Crcè reposa la tasse dans la petite coupelle sur ses genoux. Vous avez de l'or dans les mains, leur assura la femme-liche, mais attention : si vous n'en faites rien les gens vont se lasser. Vous verrez. Ce qu'il faut, c'est passer la vitesse supérieure. Et la passer maintenant.

Comme une seule femme, Mrgt et Crcè s'avancèrent sur le rebord de leur siège, les oreilles tendues vers la femme-liche. Trois choses, exposa leur hôte, qui avait tout bien préparé – en un autre temps, elle aurait projeté la première *slide* de sa présentation (de sa *prez*) à cet instant précis. Primo, il faut vous séparer du convoi. Tout ça n'est que le commencement, ça va encore grossir, vous verrez, et plus ça grossira plus votre convoi s'allongera, et alors quoi ? Vous aurez l'armée aux fesses et vous serez foutues. Croyez-moi, pour développer votre business, mieux vaut rester cachées. Mrgt acquiesça vivement – la récente expérience de l'amiral Tdd donnait raison à la femme-liche. Deuxio, vous engagez du monde. Des petites mains. Des prédicateurs du dimanche. Même des hommes ! Crcè releva un sourcil. Si, si, je vous assure, insista la femme-liche. Des pas très malins, des bien dociles. Un homme ça fait toujours bonne impression, ça dit des choses et les gens y croient, comme ça, parce que c'est un homme. Il ne faut pas sous-estimer le pouvoir des hommes – et puis la sororité, bon, c'est bien gentil mais on se coupe quand même de cinquante pour cent du marché, quand on y réfléchit. Troiz, euh, troizio ? Je sais pas comment on dit, tant pis : troizio, vous affinez votre credo. Vous fixez des rites, des règles claires, et vous n'en changez plus. Votre truc c'est le soleil et la mer, hein ? Abandonnez le soleil – elle balaya l'air du bras, *hop*, balayé le soleil. Mrgt et Crcè écarquillèrent les yeux. Le soleil c'est pas bon, expliqua la femme-liche, pas bon du tout. Trop positif. Le pèlerin il donne rien, s'il est heureux. Alors que la mer, ça, c'est inquiétant. C'est mystérieux. Personne ne sait trop ce qu'il y a dessous, voyez. Et le mystère, l'inquiétude, ça paye toujours ! On ne compte plus ses poissons quand on a peur. Je vous dis, mettez le paquet sur la mer – faites-moi confiance.

Un silence. La femme-liche souriait, triomphante. Elle semblait sacrément fière d'elle. Quant à Mrgt et Crcè, elles échangeaient des regards vides, soufflées qu'elles étaient par l'aplomb de la jeune femme. Les relents d'eau-de-vie rendaient la scène un peu plus lunaire encore. Pourquoi vous nous dites tout ça ? demanda finalement Mrgt, éberluée. Vous y gagnez quoi, au juste ? La femme-liche eut une exclamation franche. Vous, vous me plaisez ! rit-elle en pointant Mrgt du doigt. Bien sûr rien n'est gratuit, vous et moi sommes bien placées pour le savoir. Alors moi je dis, on s'associe. Cinquante-cinquante. Et je veux bien être bouffée par un mérou si on n'a pas triplé vos revenus en six mois.

Encore un silence, bouillonnant d'espoir cette fois. L'enthousiasme dissolvait déjà l'alcool dans le sang de nos deux héroïnes, toutes prêtes à signer tout ce que la femme-liche voulait, du moment qu'elle triplait leur poisson en six mois. Les deux merlans embrochés, encore eux, étaient de retour dans les yeux de Mrgt, $$.

Ah, oui, encore une chose, se souvint la femme-liche. L'attention de Mrgt et Crcè lui était tout acquise. Il nous faut quelque chose de plus grand, affirma-t-elle. De plus large. Quelque chose qui parle à tout le monde et qui fasse écho à vos bêtises, là, la mer et tout le bazar. Il faut donner un vernis, comment dire, *millénaire* à notre affaire. Alors, j'ai pensé à ça. La femme-liche ouvrit l'un des tiroirs de son secrétaire et en tira un objet, un petit livre noir, qu'elle fit glisser sur le bureau jusque sous le nez de Mrgt et Crcè. Mrgt déchiffra sa couverture puis releva les yeux. *Le Livre de Nthán* ? s'étonna-t-elle, qui avait été à l'école, comme tout le monde. C'est que… C'est affreusement mauvais, non ? Un léger rire fit trembler la femme-liche. Une coquille vide, confirma-t-elle. Parfaitement.

On peut faire dire ce qu'on veut à une coquille vide – c'est ça le secret. Fouillez là-dedans, puisez. Puisez tout ce que vous pourrez. Mrgt loucha encore sur la couverture, où le titre avait été gravé dans le cuir puis rehaussé d'écailles phosphorescentes. Crcè n'en avait que très peu de souvenirs – l'école, ça commençait à faire loin. Par-dessus leurs pensées, comme une voix *off* résonnant en accompagnement d'images muettes, la femme-liche achevait son plaidoyer. Moi je vous dis, et que je sois bouffée par un requin-marteau si je me trompe, il y a assez de conneries dans ces pages pour créer un Empire. Bien plus puissant que celui des casquettes.

III

Et quand les hommes s'aimeront
Comme s'aiment les poissons de la mer,
Sans violence autre que nécessaire,
Alors heureux et libres ils demeureront.

Livre de Nthán, 5.206

Mille ans en avant tout pile – en fait pas tout à fait, mille ans moins treize jours, mais le compte était trop beau – on commençait à trouver le temps long sur la Mer Blanche. Le froid glacial pénétrait jusque dans la cabine alors on avait gardé ses moufles, son manteau, sa capuche et dessous la chapka en moustaches de morse. Ainsi emmitouflés, recroquevillés contre le poêle, les yeux rivés à l'écran noir d'ennui du sonar, Lpín et Mlkr énuméraient derrière leurs dents les raisons de ne pas s'adresser la parole. Mettons qu'un vieil ami vous invite à dîner. Il vous donne rendez-vous à telle heure, ajoute qu'il y aura un invité surprise – un troisième type que vous ne connaissez pas – mais tu verras, insiste-t-il, il est super. Les inconnus, ça n'est pas tellement votre truc mais soit, c'est d'accord, on se dit à demain alors. Le jour J telle heure arrive, votre vieil ami n'est pas là mais le troisième larron, l'inconnu, est venu en avance. Vous voilà coincés tous les deux sans votre intermédiaire, celui qui devait faire les présentations, créer les ponts, animer la rencontre. Un petit avant-goût de l'enfer. C'est précisément ce qui arrivait à Lpín et Mlkr, parvenus au jour et à l'heure dits au point de rencontre, qui attendaient depuis bientôt trois heures que leur ami commun se pointe enfin. À peine avaient-ils échangé leur nom – à peine s'étaient-ils aperçus à vrai dire, camouflés qu'ils étaient sous les couches de vêtements. Seuls la gêne pour Lpín et l'agacement pour Mlkr les tenaient éveillés – et puis le froid, aussi, surtout n'oublions pas le froid. À présent, Mlkr avait tiré un petit livre de son fatras et s'abîmait les yeux sur ses pages minuscules, sans plus prêter attention à Lpín. Lpín avait reconnu au premier coup d'œil l'édition poche du Livre, reliée en ventre de morue par le frère Rdgst un demi-siècle plus tôt – un tirage prisé des connaisseurs – mais il n'avait d'abord rien osé dire. Ayant épuisé tous les sujets de conversation avec lui-même, il y vint finalement : le tirage de Rdgst, hein ? lança-t-il d'un air expert. Bel écrin. Face au sourire timide de Lpín, Mlkr eut un claquement de langue et releva deux yeux sévères au-dessus de son livre. Vous m'avez fait perdre mon passage, commenta-t-il d'une voix blanche. La graine d'une belle amitié venait d'être semée, Lpín préféra ne pas en rajouter pour le moment.

Ah ! s'écria-t-il quand, au terme d'un étirement du temps spectaculaire, un petit pois vert fut soudain découvert par le balayement du sonar – tout un monde de soulagement contenu dans ce cri. Il se précipita sur le pont, suivi par un Mlkr plus mesuré que lui, et tous deux scrutèrent la nuit vers l'est, où la silhouette d'un navire fendait la pellicule de glace qui recouvrait la mer. C'était lui. Il acheva sa course et s'amarra au convoi – trois navires : celui de Lpín, celui de Mlkr et ce troisième venu – au son des haut-parleurs réglementaires (réglés au minimum légal, soixante-dix-huit décibels) qui répétaient inlassablement la propagande de la junte, l'Empereur veille sur vous et vos familles, et bien d'autres mensonges auxquels on ne prêtait plus attention depuis longtemps. Après un moment, un éclair à côté de ce que les deux autres venaient d'endurer, le retardataire bascula sur le pont, bras grands ouverts et sourire radieux au visage. Lpín ! s'exclama-t-il avec enthousiasme. Et Mlkr, déjà là ! Il était encore plus camouflé qu'eux, avec ses longs cheveux filasse et sa barbe épaisse, givrée, qui surgissaient de sa capuche comme des tentacules. Déjà là ? répéta Mlkr d'un air outré, repoussant l'accolade que lui proposait le barbu. On avait dit 20 heures – le neuvième jour de lune à 20 heures, c'est pas moi qui l'ai inventé. Il est pratiquement minuit… C'est vrai qu'on t'a un peu attendu, Flx, reconnut Lpín en étreignant son camarade. Bah ! se défendit Flx, j'ai dû naviguer avec un vent contraire, vous savez ce que c'est. On vient du même endroit, rétorqua froidement Mlkr. Le vent n'a pas soufflé à l'est depuis plus d'une semaine. Mais c'était peine perdue, les reproches glissaient sur Flx comme l'eau sur les écailles d'un poisson : sans se départir de son sourire il balaya l'air du bras, comme pour écarter ce sujet de conversation, et contempla un instant ses deux amis. L'essentiel c'est qu'on soit réunis, pas vrai ? Ah, regardez-nous, quelle belle confrérie nous formons ! Ou devrais-je dire *conjuration* ? ajouta-t-il dans un clin d'œil complice. Vaincu par la bonne humeur aveugle de Flx, chacun retourna dans ses cordes.

Bon bon bon, continua Flx, décidément le plus bavard des trois, une fois les banalités d'usage échangées. C'est qu'il se fait tard. Je vous propose qu'on aille tous se coucher, hein. Le convoi impérial est à deux jours sud-ouest, ça nous laisse largement le temps d'évoquer notre – ah, tiqua Mlkr. Flx lui adressa un regard interrogateur. Quatre heures de retard et maintenant, tu nous envoies au lit. De mieux en mieux… On peut savoir qui t'a désigné chef ? Qui a dit que j'étais le chef ? s'étonna Flx. Je dis juste que – si je puis me permettre, intervint Lpín dans un sourire gêné, je suis un peu d'accord avec Mlkr. Je connais la chanson, ça commence avec l'heure à laquelle on doit aller se coucher, et puis de fil en aiguille on se retrouve à récurer les chiottes. Je veux dire, on n'est que trois, on se connaît bien, alors on n'a peut-être pas besoin de nommer un chef d'équipe. Non ? Ah, pardon, précisa Mlkr, mais ça n'est pas ce que j'avais en tête : bien sûr qu'il nous faut un chef. La hiérarchie c'est très important, si vous voulez mon avis. En revanche, ça me gêne que ça soit Flx qui prenne ce rôle. Rien que son manque de ponctualité le discrédite à mes yeux, je crois qu'on devrait – il n'y a aucun chef ici ! les coupa Flx d'une voix forte, en prononçant clairement chaque syllabe. Et bien sûr, chacun fait ce qu'il veut : ce que je voulais dire, c'est que *moi*, j'ai sommeil, point. Bon, souffla Lpín qui semblait soulagé. À vrai dire moi aussi – c'était surtout pour le principe, tu comprends. Non, Flx ne comprenait pas. Mais il fit tout comme.

Alors qu'on repartait chacun vers son navire pour la nuit, Mlkr fit une dernière demande à la ronde : il me reste deux prières à dire pour achever mon cycle, vous m'accompagnez ? Je doute que vous ayez eu le temps de toutes les dire aujourd'hui, avec le trajet. Une once de jugement accompagnait son regard. Eh bien. C'est-à-dire que… Les mines embarrassées des deux autres lui répondirent plus vite que leurs excuses. Fait un peu froid, là, jugea Lpín en grimaçant. Tiens plus debout, avança Flx en enjambant le bastingage de son navire. Même toi, Flx ? regretta Mlkr d'un air désapprobateur. Tu ne fais donc pas tes huit prières à Mrú par jour ? Un silence. Disons que j'en ferai le double demain, d'accord ? lança Flx qui s'enfonçait déjà dans sa cabine. Bonne nuit !

Mlkr leva les yeux au ciel et secoua tristement la tête. Qui lui avait flanqué des amateurs pareils ?

*

Le matin porta une lueur doucereuse sur le convoi et illumina les visages de reflets innocents – innocence qui s'évapora tôt après que Lpín eut proposé à Mlkr de déjeuner de filets de sardines séchés, ce à quoi Mlkr répondit merci, pourquoi pas, mais voulut aussi savoir si lesdits filets avaient été consacrés à la mer comme le voulait l'usage ; ce que Lpín ne put confirmer, mais comme il commençait à s'agacer du rigorisme de Mlkr, il ajouta que nulle part, dans le Livre, il n'était fait mention de consécration du poisson, et alors ce fut l'escalade. Mlkr rétorqua que le Livre était à interpréter, et qu'il faudrait bien qu'un jour quelqu'un édicte des règles, fixe un credo, sinon on n'allait jamais s'en sortir. Et qui va les fixer, les règles ? ironisa Lpín. Vous, peut-être ? Et pourquoi pas ? se défendit Mlkr. Laissez-moi rire. Un esprit aussi étriqué que le vôtre ne peut – qu'est-ce que vous avez dit ? Répétez, pour voir. Sur ces entrefaites Flx, tout juste tiré du lit, pointa le nez hors de sa cabine et, voyant ses confrères en pleine discussion, éclata d'un grand rire sonore (c'était un type qui riait beaucoup, le plus souvent pour rien). Eh bien ! s'exclama-t-il, comment vont mes conspirateurs ? Et alors, soudain, chacun se souvint de la raison qui l'avait mené ici, au beau milieu de la Mer Blanche, et la querelle des sardines séchées leur parut tout d'un coup futile. Ce qui mit fin à la dispute.

Ainsi voguaient trois prêtres de l'Ordre de Mrú vers le convoi impérial. Flx, Mlkr, Lpín. Trois prêtres bien décidés à entrer dans l'histoire.

Pour le moment ça n'était pas grand-chose, cet ordre. Deux à trois cents missionnaires répartis autour du monde, pas de fonds propres, pas de comité central ni d'autorité d'aucune sorte – un courant de pensée davantage qu'un ordre. Ou une secte, mais sans gourou. Oui, pour désigner l'ordre à ce stade, on pourrait bien parler de secte – après tout, une secte n'est jamais qu'un ordre religieux en devenir. Mais tout de même, ces vingt dernières années, la petite équipe grandissante de l'Ordre de Mrú avait accompli des progrès exceptionnels. Elle avait converti autant de croyants en deux décennies qu'elle n'y était parvenue en un millénaire. Quelque chose se passait, quelque chose qui infusait dans l'air en attendant son heure. Les frères l'avaient senti eux aussi, alors quand cette opportunité exceptionnelle s'était présentée à eux, ils n'avaient plus hésité une seconde.

On finit par mettre le projet sur la table – ou plutôt l'ébauche de projet, certains points majeurs restant encore à trancher. Ce qui me dérange un peu, avoua Flx pour lancer la discussion, c'est l'idée de frapper l'un des nôtres. L'un des nôtres ? pouffa Mlkr. N'exagérons rien. Quand même, avança Flx, l'Empereur qui réclame personnellement une délégation de l'Ordre pour recevoir la communion… Je ne sais pas ce qu'il vous faut : pour moi c'est clair, il a rejoint notre camp. Un peu tard, estima Lpín. Vingt-cinq ans qu'il massacre à tour de bras, qu'on est obligés de se cacher pour prier, et maintenant qu'il vieillit il se découvre une spiritualité, comme ça, du jour au lendemain ? Trop facile. Ça vient de loin, je crois, insista Flx. Sa tante, de mémoire – sa nourrice, le corrigea Mlkr. Elle avait été sœur errante dans sa jeunesse. Quand il a fallu un chaperon pour le futur Empereur il se trouve qu'elle était là, et c'était la seule à savoir lire, alors ils l'ont embarquée. C'est ça, se souvint Flx. Avec l'âge, l'enseignement de cette femme a dû lui revenir, qui sait. De toute façon, ajouta Lpín, ça ne change pas grand-chose qu'il soit ou non un disciple de Mrú : c'est le symbole que nous frapperons. Pas l'homme. Flx entrouvrit la bouche, puis se tut. Un point pour Lpín.

Alors on va vraiment le faire, souffla-t-il après un moment de silence. Tuer un homme. Tuer le pouvoir, le corrigea Lpín. Oui, je crains que nous y soyons contraints. En tuer un pour en épargner beaucoup d'autres – et c'est à nous que Mrú a confié ce travail. Il nous faut l'accepter. Flx acquiesça, ce qui valait consentement. Mlkr également. On tuerait donc un homme, le pouvoir – et voilà qui tranchait le premier point d'envergure, assassinat ou pas. Et après ? demanda encore Flx. Il y a l'Empereur mais il y a aussi – il y a *surtout* – l'armée. Ils sont combien, dix mille, vingt mille ? On en fait quoi, de tout ça ? L'important, pour moi, c'est de parler vite, jugea Lpín. On diffuse la nouvelle dès que… dès que c'est fait – Lpín lui non plus n'était pas encore parfaitement à l'aise avec l'idée du meurtre. Les militaires sont des poissons tout juste pêchés sur le pont d'un bateau : vous coupez la tête, c'est terminé. Nous, ce qu'on fait, c'est qu'on coupe la tête, et tout de suite après on prend sa place. Mrú a ses sympathisants jusque dans la junte, je le sais de source sûre. Si on parle les premiers, les militaires nous suivront. Ma main à couper. Et pour parler au plus grand nombre, devina Mlkr… Tous les regards se tournèrent vers le haut-parleur accroché au mât. Flx hocha la tête. Oui. La radio impériale. Un seul mot depuis les quartiers de l'Empereur et le monde entier vous entend. On se sert de la radio pour informer le monde, on rassemble les militaires. Et puis on met fin à cette mascarade. On dissout la junte. On rend leur liberté aux gens.

Ou alors. Pas totalement idiot, Mlkr avait compris que ses idées en déroutaient certains. Alors il marcha sur des œufs : ou alors, commença-t-il prudemment. On tendit l'oreille avec crainte, justifiée en l'occurrence. On peut dire ce qu'on veut de la junte, continua le frère, ces types ont quand même créé une sacrée machinerie avec l'armée, les divisions maritoriales, la radio impériale… Un si bel outil, moi, ça m'ennuie de le casser. Je veux dire, si on mettait toute cette énergie au service du bien, imaginez ce qu'on pourrait obtenir. Tiens, ça, par exemple. Il pointait le haut-parleur du doigt. Imaginez qu'à la place de ces salades pour bonnes femmes, on diffuse partout la parole du Livre. Partout et à toute heure. Imaginez un peu. Ça ne serait plus cinquante nouveaux croyants par jour mais cinq cents, cinq mille, cinq millions bientôt ! Mlkr acheva son plaidoyer en se figeant bras ouverts, mains vers le ciel, comme pour dramatiser son avenir idéal – celui où la dictature de la foi aurait remplacé la dictature de la force. Vertigineux. Lpín se demanda ce qui était le plus vertigineux des deux : la bêtise de Mlkr ou le danger qu'il représentait.

On va reprendre du début, hein, répondit calmement Flx, et Mlkr comprit que ça serait non, pour la radio et pour le reste. Pendant les deux ou trois heures qui suivirent, on se mit d'accord sur le message d'espoir que l'on proclamerait aux hommes dès que… dès que ça serait fait. Un message de paix et d'entente avec l'eau, inspiré de la philosophie de Nthán, que l'on fit valider à chacun. Et surtout à Mlkr.

À la faveur d'une des huit prières quotidiennes de Mlkr – comptez environ trente minutes par prière, ce qui donne quatre heures par jour à parler aux poissons : bienvenue en enfer –, un conciliabule fut improvisé dans la cabine de Flx. Lpín alla droit au but. Ce type. Mlkr. On peut savoir de quel sanatorium tu l'as aidé à s'échapper. Comme toujours, Flx chercha à défendre l'indéfendable. Oh, fit-il mine de s'étonner. Mlkr est un super bonhomme quand on prend le temps de le découvrir, je t'assure. Il a cette carapace, cette rigidité, d'accord, mais il est aussi de très bonne volonté. Très habité par le Livre, aussi. Alors oui, il a parfois besoin d'être canalisé, mais de là à le traiter de fou, franchement… On ne parle pas d'inviter un collègue à prendre un verre sous prétexte que dans le fond, il est sympa, s'étrangla Lpín, pas convaincu du tout. On va risquer nos vies, demain. On s'apprête à renverser l'Empereur, Flx, alors j'aurais aimé être au courant que j'y allais accompagné d'un désaxé. Ce genre de type peut tout faire foirer avec son – et puis c'est mon cousin, lâcha Flx qui se trouvait à court d'arguments. Lpín marqua un temps d'arrêt. C'est mon cousin, répéta Flx d'un air désolé. C'était l'anniversaire de ma tante, j'avais un peu picolé, je lui ai parlé de notre projet, voilà. Je pouvais pas ne pas l'inviter après ça. Ne m'en veux pas.

Lpín ronchonna encore un peu pour la forme, mais enterra bientôt son ressentiment. Il se trouve qu'il plaçait le lien familial au plus haut rang des valeurs humaines – l'aveu de Flx l'avait pour ainsi dire ému. Si c'était son cousin, alors…

Plus tard encore, alors qu'on flânait sur le pont, quelques mots crachés par les haut-parleurs sur un ton plus martial encore qu'à l'habitude attrapèrent les oreilles de nos frères. C'était la voix du conseiller Hmlr, bras droit de l'Empereur, grand défenseur de l'ordre public et pourfendeur des factieux de tout poil, dont on sentait la jubilation légère comme il chantonnait son mantra, vous êtes libres parce que l'Empire est fort, ne cherchez pas à étendre vos libertés, davantage de liberté pour vous ce serait moins de bonheur pour le monde : les libertaires seront reconnus, poursuivis, châtiés… Et ainsi de suite, on a compris l'idée. Ces quelques mots tombaient à pic, si l'on peut dire, pour remuer nos conspirateurs en herbe. De fait ils ne disaient plus rien, regardaient leurs chaussures, faisaient tout leur possible pour ne plus entendre mais la voix était là, toujours, bien au fond de leur crâne.

À un moment Flx n'y tint plus, il marmonna eh merde, tira un chiffon de son fatras et se précipita au pied du mât. Éberlués, ses deux compagnons l'observèrent grimper jusqu'au haut-parleur – un vrai petit singe, ce Flx, on n'aurait pas cru – et fourrer la grosse boule de tissu à l'intérieur. La voix d'Hmlr fut immédiatement étouffée, on ne l'entendit plus ou presque. Flx glissa au sol et rejoignit ses frères ; ensemble, ils contemplèrent ce spectacle inouï de violence. C'était, depuis le premier jour qu'ils avaient évoqué le projet de renverser l'Empereur, leur acte de rébellion le plus clair. Ils s'en trouvèrent tout chamboulés. Faudra pas oublier de l'enlever, hein, souffla Flx après un long silence. Avant d'arriver au convoi impérial. Si l'armée trouve ça, on est tous morts. On acquiesça comme un seul homme. Et puis on alla se coucher car l'énergie venait à manquer – on s'était assez rebellé pour aujourd'hui. Et on avait une autre grosse journée demain.

*

C'était un spectacle à voir au moins une fois dans sa vie. Le convoi impérial formait un train infini de navires serpentant sur l'horizon. On disait qu'il comptait mille bateaux, l'information était invérifiable mais l'effet était là : nos trois frères en furent vivement impressionnés. Au loin, devançant tous les autres, se devinait la silhouette massive du navire impérial. À quatre ou cinq milles de son but, le convoi formé par Flx, Lpín et Mlkr fut abordé par une vedette militaire. Le bruit du moteur annonçait toujours l'arrivée des militaires : on extrayait encore du pétrole quelque part mais le lieu était gardé secret, l'armée avait le monopole de l'essence désormais.

Quatre soldats munis de lance-harpons sautèrent sur le pont où les frères attendaient. Ils étaient étonnamment jeunes, deux d'entre eux n'avaient pas quinze ans, jugea Flx. Le plus âgé (le grand frère ?) interrogea les visiteurs. Motif de votre présence ici, demanda-t-il sur un ton administratif. On annonça qu'on était là sur demande expresse de l'Empereur. L'Ordre de Mrú. Le sergent hocha la tête. On va vérifier ça ; vous autres, fouillez les bateaux. Retour sur la vedette pour le sergent qui entreprit une conversation radiophonique avec ses supérieurs tandis que les autres opéraient une fouille superficielle des navires – les frères ne devaient pas représenter de danger apparent. On n'y trouva rien à redire (le chiffon dans le haut-parleur avait été retiré dès l'aube). Après un moment, le sergent raccrocha et rappela ses hommes. L'Empereur vous attend, confirma-t-il aux frères de l'Ordre. Dirigez-vous vers l'avant du convoi, mes collègues prendront le relais. Un pincement de lèvres anima son visage impassible – peut-être un sourire. Puis la vedette s'éloigna en sautillant sur les eaux.

On se dirigea vers l'avant du convoi. Il fallut une bonne heure pour remonter le fil des bateaux, et une de plus pour trouver à s'amarrer à l'arrière du navire impérial, tant l'endroit grouillait de monde et de petits vaisseaux en mouvement permanent. Aucun des trois frères n'en menait large à ce stade, chacun portait des regards effrayés autour de lui – et tous avaient ce curieux sentiment que leur projet macabre pouvait se lire sur leur visage. Ce qui, à un certain degré de stress, semblait plausible. Au cul du navire impérial sa coque paraissait un mur construit jusqu'au ciel : ce n'était pas un navire mais un navire-continent, grand comme trois villes de l'ancien temps. Sur la coque étaient déployées de longues bannières verticales portant le symbole de l'œil bleu. Le symbole de l'Empire. Sous l'un de ces yeux était ménagée une ouverture dans le métal, par laquelle on accédait au port et à l'intérieur du vaisseau. Comme partout, une foule nombreuse s'y pressait. Tout ira bien, assura Lpín aux deux autres alors qu'ils s'apprêtaient à quitter leur bateau. Enfin, bien. Disons que tout ira selon notre plan, se ravisa-t-il en s'épongeant le front – il lui sembla qu'il faisait beaucoup moins froid, tout d'un coup.

Ordre de Mrú ? les interpella un gradé pas beaucoup plus âgé que le sergent rencontré plus tôt. Les frères le suivirent dans un dédale de couloirs dont on ne savait pas très bien s'ils abritaient les bureaux administratifs de l'Empire, des habitations pour les proches du pouvoir ou bien un gigantesque marché sauvage. En tout cas, c'était le bazar. Leur guide les adressa à un autre avec qui ils firent un bout de chemin, puis c'en fut un autre et un autre encore. On n'osait plus échanger un mot. À mesure qu'on approchait du cœur du navire, tout de même, ils rencontraient de moins en moins de monde et constataient de plus en plus de faste autour d'eux, riches tapis au sol, dorures aux murs, peintures vives et sculptures guerrières dans tous les coins. Le signe qu'on s'approchait du pouvoir, songea Flx, et il avait raison : ça ne fut plus très long avant qu'on introduise les trois hommes dans une petite pièce bordée de sièges confortables, façon salle d'attente de luxe. On viendra vous chercher, leur dit-on avant de les enfermer là.

On attendit un peu (environ cinq heures) puis quelqu'un vint leur ouvrir, suivez-moi, lâcha-t-il avant de disparaître dans le couloir. Tout juste sortis du sommeil où ils avaient fini par sombrer, les frères se traînèrent à la suite de leur sauveur. Une autre pièce se découvrit à eux, beaucoup plus grande, avec un gigantesque type en son milieu, une armoire à glace affublée de nombreuses décorations et d'un sourire radieux qui leur lança d'emblée, d'une voix forte : alors, mes amis, on vient assassiner l'Empereur ? Trois cœurs furent emportés par ces mots. Mais avant qu'on ait pu réagir, l'armoire à glace éclata d'un grand rire carnassier. Pardonnez-moi, dit-il, je ne peux pas m'en empêcher. Vous auriez vu vos têtes. Flx reconnut l'un des siens dans ce rire franc, sonore, et éclata de rire à son tour – il n'avait plus ri depuis au moins six heures, ça n'était plus tenable. Mlkr et Lpín, en revanche, se contentèrent de sourires jaune. Hmlr, annonça l'autre sans plus de cérémonie. Conseiller spécial de Sa Majesté. Enchanté. Alors Flx interrompit son rire.

Trois paires d'yeux ronds se figèrent face à Hmlr. Il rit encore. Vous me connaissez, sûrement, plaisanta-t-il – ma voix au moins. Et moi aussi, je vous connais. J'ai entendu parler de votre ordre, figurez-vous, l'influence que vous gagnez à droite et à gauche. Fascinant. Il avait une façon envoûtante de s'exprimer, on ne savait pas très bien s'il était sérieux ou s'il se moquait de vous. Je vous rassure, je ne vais pas vous retenir longtemps, continua-t-il. On vous a déjà fouillés, on n'a rien trouvé, l'Empereur vous attend : autant de raisons d'écourter notre entrevue. À vrai dire je n'ai qu'une seule question à vous poser, j'y suis obligé, je la pose à tout le monde. Avez-vous l'intention de nuire à Sa Majesté, en entrant là-dedans ? Directement ou indirectement. Il indiquait du doigt la porte du fond. Les frères échangèrent des regards interdits. Eh bien, hésita Flx, j'imagine que non. Non, bien sûr. Hmlr hésita. Je vois. Vous ne vous considérez donc pas comme libertaires ? Je demande parce que moi, les libertaires, bon. Ça n'est pas trop ma tasse de thé. On secoua vivement la tête en réponse, sens négatif. Hmlr se frappa les cuisses de satisfaction. Bien ! s'exclama-t-il. Alors ne perdons pas plus de temps. Filez, mes amis. Il indiquait toujours la porte du fond. Un peu déroutés, les visiteurs s'y dirigèrent avec prudence. Il va de soi que je vous tiens à l'œil, hein, leur jeta Hmlr comme ils s'apprêtaient à sortir – c'est une manie, chez tant de personnages de fiction, d'ajouter quelque chose alors que la conversation est déjà terminée. Hmlr continua : croyez-le ou non, je suis de ceux qui pensent que les mots peuvent faire aussi mal que les armes. Cette histoire de religion, de communion, pour être honnête, ça me déplaît. Ça me déplaît beaucoup. Si ça n'était que de moi, je vous aurais déjà écrasés, vous et votre ordre. Flx, Lpín et Mlkr s'étaient figés sur place. Hmlr recouvra son sourire dès la fin de sa diatribe. Mais heureusement pour vous, conclut-il, ça n'est pas moi qui décide. Alors à tout à l'heure.

On passa dans la pièce à côté avec un certain soulagement. On n'était pas encore dans les appartements de l'Empereur, c'était à nouveau une salle d'attente, où l'on attendit à nouveau – cette fois deux heures à peine, qui parurent deux minutes aux frères après ce qu'ils avaient connu. Enfin, et pour de bon cette fois, on les fit passer à côté. Aucun de nos trois compagnons n'aurait su dire depuis combien de temps ils étaient à bord.

Sous leurs yeux, la chambre de l'Empereur. Un peu plus que la chambre à vrai dire, on aurait pu faire entrer ici quinze ou vingt navires comme ceux avec lesquels les frères avaient traversé le monde. La pièce était tout en longueur, avec de belles frises de mosaïque courant au mur et au plafond jusqu'au lit impérial, installé tout au fond. Beaucoup plus près d'eux, un secrétaire occupait le centre de la pièce, derrière lequel était assis un homme – ils se doutèrent que c'était l'Empereur mais ils ne le virent pas d'abord, car une foule de gardes étrangement vêtus (des culottes amples, des chapeaux ridicules) s'affairaient autour de lui. Après un moment de ce manège, la silhouette de l'Empereur secoua les bras pour chasser ces insectes butineurs – qui se précipitèrent vers la sortie sans demander leur reste. Il ne parle que difficilement, leur confia un garde avant de s'éclipser avec les autres. Faites ce que vous avez à faire mais faites-le vite, il faut qu'il se repose.

Il y avait quelque chose d'irréel à se voir ainsi confier l'Empereur, rien que ça, que l'on découvrit avachi dans son siège, la mâchoire tremblante et les yeux dans le vague. Il n'était pas si vieux mais il était manifestement malade, très malade – Flx se demanda s'il n'aurait pas préféré l'extrême onction à la communion, mais il ne semblait pas en état de répondre à une telle question. Toujours un peu timides, les frères piétinèrent jusqu'au bureau et saluèrent le malade sans enthousiasme. On n'aurait pas eu le cœur à faire des ronds de jambe devant l'homme qu'on était venu tuer. Qu'est-ce qu'on fait, alors ? demanda Lpín qui n'était plus très sûr de lui, tout d'un coup – il aurait préféré rencontrer un monstre, pas cette espèce de mort-vivant rendu muet par la variole. On fait comme on a dit, grogna Flx. Je m'en occupe. Le frère abandonna ses affaires sur un siège et rassembla le nécessaire, trois fois rien : une coupelle suffisamment creuse et une fiole d'eau de mer. Il remplit le récipient, dit une rapide prière en plongeant deux doigts dans l'eau, puis passa derrière le bureau de l'Empereur pour lui tendre le breuvage. Vous allez recevoir l'esprit de Mrú, prononça-t-il d'une voix forte au cas où l'autre eût été sourd en plus du reste. Immobiles, Mlkr et Lpín observaient en tremblant légèrement. L'Empereur eut une nette réaction lorsqu'il entendit les mots de Flx. Il releva clairement le menton, le nez, les yeux et hocha la tête comme pour dire allons-y, communions. Flx tendit la coupelle dont le liquide passa entre les lèvres du malade. Un court instant, son regard croisa celui de l'Empereur. Deux tout petits yeux noirs qui ne lui semblèrent pas malades, quant à eux. Plutôt vibrants de vie.

Quelques secondes passèrent. Une lourdeur planait dans la chambre. Mlkr, Lpín et Flx retenaient leur souffle. Bientôt l'Empereur perdit le sien. Il grimaça et tenta d'avaler plusieurs fois sa salive, apparemment sans succès. Ses yeux perdirent un peu de leur éclat. Doucement, mais sûrement, le poison s'insinuait dans son sang. Soudain très bruyant, il commença de s'agiter sur son siège et parvint, au prix d'un effort surhumain, à gargouiller quelques mots : que. Que m'avez-vous fait ? Flx peina à soutenir son regard – pour l'éviter, il s'approcha encore de l'Empereur et posa une main aussi douce que possible sur son épaule, pour l'attirer contre lui. Shhhhhh, murmura-t-il. Vous allez partir, mais vous serez accompagné par Lui, tout du long. Accueillez son esprit en vous.

Lpín avait les larmes aux yeux. Mlkr tremblait de tout son corps désormais. Trop choqués pour garder les idées claires, ils eurent quelque difficulté à traiter les informations suivantes, qui se succédèrent à un rythme soutenu : d'abord Flx eut un cri de surprise, mué en cri de douleur, et tomba à genoux aux pieds de l'Empereur qui tenait dans sa main fébrile un poignard dégoulinant de sang ; à genoux puis de tout son long, étendu sur le côté, le même Flx découvrit son flanc lui aussi dégoulinant de sang ; l'Empereur enfin, qui semblait vivre ses derniers instants, lutta encore pour exprimer quelque chose, pour former les ultimes syllabes de son existence : li-ber-taires, articula-t-il avec un fond de haine dans les yeux. Libertaires.

Le processeur bas de gamme qu'était leur cerveau comprit ce qui arrivait à peu près en même temps, c'est-à-dire beaucoup trop tard. En revanche, les deux frères encore debout réagirent de façon tout à fait différente. Lpín étouffa un cri et se jeta au sol pour tenter de ranimer Flx. Son côté droit était gluant de sang, le vieux salopard avait frappé juste. Il bougeait encore les yeux et les lèvres mais semblait salement amoché – cette fois il fallut peu de temps à Lpín pour comprendre que leur ami n'aurait pas davantage de chance que l'Empereur. Bientôt il serait mort. Mlkr, quant à lui, avait reculé jusqu'au mur et s'y était figé, mains sur la tête, pétrifié par l'image de l'Empereur et de Flx mourants. Il regrettait soudain tous ses choix, tout ce qui l'avait conduit ici. Il regrettait d'avoir voulu abattre l'autorité et comprenait enfin, trop tard, qu'avec l'autorité c'était l'ensemble de ses valeurs qui s'effondraient. Dans la brume qui baignait son cerveau il se souvint qu'adolescent, il rêvait de devenir soldat. Pour lui, c'était à peu près la même chose que devenir missionnaire – et à tout prendre, maintenant qu'il y songeait, il aurait sans doute préféré la junte au séminaire. Au moins l'armée avait un chef. Une multitude de chefs. Un ordre établi. En réalité Mlkr détestait ce qu'il était devenu : un rebelle. Un agitateur. Il n'y avait pas de place pour la rébellion dans son monde idéal. Et pas de paradis pour les agitateurs.

Il fut tiré de sa rêverie morbide par Lpín et les cris qui montaient depuis le couloir. Réveille-toi ! lui gueula Lpín en lui attrapant les épaules, ils sont là ! Les gardes sont là ! Les mains de Lpín laissèrent de longues taches de sang sur la toge de Mlkr. À cet instant, la porte de la chambre s'ouvrit avec fracas et trois gardes, puis trois autres, puis tout un régiment entrèrent en hurlant, lance-harpons braqués sur les rebelles.

Sans plus réfléchir à rien les frères coururent vers le fond de la pièce, parmi les meubles et les bibelots qui explosaient un à un, transpercés par des traits larges comme le cou d'une orque. Il y avait une petite porte, là, juste à droite du lit ; il n'était plus temps de jouer la prudence mais de sauver sa peau alors on s'y engouffra avec l'énergie du désespoir – enfin pas tout à fait. Comme il se jetait en avant Mlkr eut un regard pour Lpín, à ses côtés, un simple regard de fraternité, un regard entre ceux dont la vie ne tient plus qu'à un fil. Oui, dans cette attente de la mort il se sentit soudain le frère de Lpín. Le frère de Flx. Mais Lpín ne le suivait plus. Étendu quelques pas en arrière, le visage déformé par la douleur, il était parcouru de traits nombreux enfoncés dans son dos. Cloué au sol, pourrait-on dire. Harponné. Mlkr passa la porte seul et la referma vivement derrière lui.

Un grand silence, presque insoutenable, l'accueillit. Le destin avait doté la porte d'un épais verrou que Mlkr s'empressa d'actionner. Au-dehors il entendit encore des cris, des courses, bientôt le tambourinement de poings et de pieds contre la cloison qui le séparait de la mort. Heureusement pour lui, le verrou paraissait solide – un verrou d'Empereur, sans doute installé là pour lui aménager un lieu de tranquillité totale. Le cœur de Mlkr battait à une vitesse folle, il regardait autour de lui mais ne voyait rien qu'un rideau de neige tombé en travers de son regard, il cligna au moins dix fois des yeux avant d'apercevoir le tout petit bureau, la chaise et le micro installés au milieu de la pièce – une toute petite pièce, tapissée de moumoute bleue, sans doute insonorisée tant le brouhaha du dehors lui parvenait avec faiblesse. Mlkr expira franchement. Il avait trouvé la radio impériale.

Alors, tout le plan lui revint – il y avait un plan, un plan établi la veille qu'il fallait désormais appliquer, sinon tout ça n'aurait servi à rien. Sinon ses camarades auraient donné leur vie pour rien. Et il fallait l'appliquer vite, avant que les gardes impériaux ne trouvent le moyen de défoncer la porte (ils le trouveraient, Mlkr avait toute confiance en eux pour ça). Il s'approcha du micro. Le dispositif était simple, un bouton pour enregistrer, un bouton pour diffuser. Encore un peu ailleurs, encore barbouillé du sang de Flx, il se pencha en avant et diffusa.

L'Empereur est mort, annonça-t-il avec gravité. Un silence. Et L'Empire est mort avec lui.

L'esprit de Mlkr bouillonnait. Le temps d'un nouveau silence, il rassembla en pensée ce que les frères s'étaient dit la veille. Les choses à proclamer au monde dans ce message de paix et de liberté – il en établit une liste mentale pour ne rien oublier. Puis la jeta à la poubelle.

Je voudrais vous parler de l'avenir, continua-t-il d'une voix déjà mieux assurée. Et de la manière dont nous allons rétablir l'ordre, sous la bénédiction de Mrú.

IV

Embrasse le mérou comme ton frère,
Il est comme toi enfant de l'océan,
Et laisse sur la côte l'arrogance
Et la cupidité de tes vies terrestres.
Livre de Nthán, 3.157

Huit cent quarante-deux ans, treize jours et trois heures plus tard, il faisait frisquet sur le pont du Cgr. Une fine pellicule de givre recouvrait les rambardes et des nuages de buée accompagnaient les mots, on va peut-être pas tarder à rentrer, hein ? proposa Clín en se frictionnant les épaules. Tiré de sa méditation, le frère Mrlán adressa un regard de haine et d'exaspération mêlées à son vicaire. Pour tout ce qui était boulot, Clín était un type impeccable, rien à dire, mais pour le reste il était quand même un peu chiant. Et puis notre homme nous attend, souligna le vicaire d'un air docte. Toute la nuit au frais, ça a dû lui changer les idées. Mrlán soupira. Clín était un peu chiant mais il avait raison, on avait du boulot, alors tant pis pour la prière – il s'en voulut aussitôt d'avoir eu cette pensée. Pas tant pis, se corrigea-t-il intérieurement, je méditerai plus tard. Une fois passé ce pacte avec sa conscience, il hocha doucement la tête et répondit à Clín que oui, Clín, il était temps : dis-leur de remonter le type. Qu'ils se tiennent prêts au cas où. Clín opina du chef et s'en fut aboyer les ordres.

Ainsi fut fait. On remonta le type – *on* : ni Clín ni Mrlán, mais une foule de petites mains qui servaient sur le Cgr – à la poupe du navire, où un mousse trop mauvais figurant pour faire l'objet d'une description tira de toutes ses forces sur une chaîne en métal, et par le truchement d'un jeu de poulies ladite chaîne fit s'élever une cage, jusqu'ici à moitié immergée, à hauteur de pont. À l'arrière du navire également, un bateau de pêche minuscule et vide d'hommes était tracté dans le sillon du Cgr. Il était vide car son propriétaire avait passé la nuit dans la cage, justement, celle-là-même qu'on venait d'émerger, la tête et les épaules péniblement maintenues hors de l'eau et le reste du corps noyé, exercice qu'on imagine, à raison, éreintant. Et c'est vrai que l'homme paraissait éreinté, sa cage fut ouverte et son corps versé sur le pont, où il s'effondra dans un gros *flop* humide. On forma bientôt une ronde autour de lui. Son souffle était court, il crachait et expirait de l'eau. Ni ses bras ni ses jambes ne semblaient en mesure de soutenir son poids, il ressemblait à un poisson tout juste pêché sur le pont d'un navire. Encore frétillant mais plus pour longtemps.

Manifestement l'homme n'allait pas se lever de lui-même, pas tout de suite en tout cas, alors le frère Mrlán mit un genou à terre et se pencha sur lui, tout près de son visage. Alors, demanda-t-il simplement, ça vous revient ? À cette question, les yeux du prisonnier (puisqu'il s'agit d'un prisonnier, sans nul doute) reprirent vie et, en réponse, l'homme entrouvrit la bouche pour propulser au sol, tout à fait aux pieds de Mrlán, un superbe mollard. Ses lèvres se pincèrent dans un sourire douloureux. Apparemment non, ça ne lui revenait pas. Bon, fit Mrlán en secouant la tête. Au fond je vous comprends – je ne suis même pas certain de vous en vouloir. Et vous savez quoi : j'ai un cadeau pour vous. Aujourd'hui, vous allez communier avec Lui. Un geste de Mrlán et l'équipage se remit en mouvement, on attrapa le prisonnier par les épaules pour le porter un peu plus loin, tandis que ce dernier manifestait un vif mécontentement au moyen de noms d'oiseaux hurlés à l'endroit de ses geôliers, le frère Mrlán semblant cristalliser tout particulièrement sa haine. Pour le moins avait-il accueilli cette promesse de cadeau avec une certaine froideur, qui laissait à penser que ce *cadeau* n'en était peut-être pas un, en fin de compte – et c'est vrai que Mrlán avait le goût de ce genre de tournure, la torture le rendait facilement facétieux.

Le cadeau donc, la communion promise, consistait en une épreuve de l'eau – l'Épreuve de Mrú précisément. L'une des nombreuses élaborées au fil des siècles pour démasquer les mécréants. Elle était simple à pratiquer dès lors qu'on disposait des bons outils, à savoir *a)* une boîte à communion, *b)* un tisonnier et *c)* un mérou. Un bâtiment religieux du standing du Cgr était évidemment équipé en conséquence, aussi le dispositif fut-il sur pied en une poignée de minutes. Concrètement, il s'agissait d'introduire la tête du communiant dans une boîte à demi remplie d'eau – la ligne d'eau se situant au niveau de son nez. Sous l'effet de la panique, certains se noyaient dès cette étape, ce qui mettait *de facto* fin à l'épreuve et décevait généralement les observateurs (le frère Mrlán lui-même se sentait frustré lorsque ça arrivait). Car le cœur du spectacle venait ensuite : par une autre ouverture, un mérou mâle et adulte (les textes étaient clairs sur ce point, ce devait être un mâle adulte) était plongé dans la boîte puis excité par la pointe d'un tisonnier introduit à sa suite. Si le mérou, plein de fureur aveugle, dévorait le visage du communiant, l'épreuve prenait fin et l'accusé était réputé coupable. Dans le cas contraire, c'est-à-dire s'il restait calme et épargnait son voisin, alors on considérait que le communiant avait l'Esprit de la mer avec lui. Il était pur et lavé de tout soupçon.

Disons que le cas contraire ne s'était jamais présenté à Mrlán, ni à aucun de ses collègues d'ailleurs – mais il était encore jeune et avait toute sa carrière devant lui. Disons aussi que le mérou est une espèce particulièrement agressive et encline à la morsure aveugle, avec ou sans tisonnier au cul.

Cette fois encore, l'issue ne surprit personne. Mais l'on salua la rage toute particulière du mérou qui parvint à fissurer les parois de la boîte à coups de queue, et s'acharna longuement sur le pauvre pêcheur. L'on vit dans cette scène la preuve irréfutable de sa culpabilité. Après ça l'équipage se trouva électrisé pour le reste de la journée, rien de tel qu'un bon spectacle pour motiver les troupes, et le souvenir du mérou vengeur fut sur toutes les lèvres jusque tard le soir, après qu'on eut confisqué la cargaison du pêcheur, démantelé son navire et coulé la carcasse – le corps fut basculé par-dessus bord et rendu à la mer. Sous la lune et à la proue du Cgr, c'était encore au mérou que songeait Mrlán lorsqu'il adressa ses prières à l'océan, sans être dérangé cette fois. Le haut-parleur fixé au mât crachait jour et nuit les psaumes du Livre, ânonnés par quelque vieux religieux sur un air semi-envoûtant, semi-soporifique, mais avec le temps, Mrlán avait appris à ignorer ce bruit de fond. À ses côtés, Clín était d'un silence exemplaire.

Jusqu'à un certain point. Le capitaine dit qu'on y sera demain, ne put-il s'empêcher d'annoncer après un trop long moment sans paroles. Après-demain au pire. Hmmm, fit Mrlán. Ça me fait quand même un peu drôle, avoua Clín. De me dire que demain peut-être je marcherai sur la terre ferme. Moi, ce qui me fait un peu drôle, c'est qu'en trois mois de voyage tu n'aies pu tenir ta langue plus de cinq minutes d'affilée, rétorqua Mrlán en pensée. Je veux dire, la terre ferme ! poursuivit le vicaire, qui crut voir dans le silence de Mrlán une invitation à se confier. Vous pensez que c'est comment, là-bas, hein ? Dites. Bien sûr, Mrlán n'en savait rien : il grogna pour le signifier. Tout ça, c'est nouveau pour tout le monde. Tu en connais, toi, des gens qui y ont déjà mis les pieds ? Clín concéda que non à mi-voix. Alors tu es comme moi, tu ne sais rien. Nous verrons bien demain. Ou après-demain. Au fond le frère Mrlán n'aimait pas beaucoup cette histoire – et au

Siège également, là d'où on l'avait mandaté, on n'aimait pas beaucoup cette histoire. C'était une sale histoire, une histoire explosive. Une histoire à vous donner du tracas pour une vie. Alors en parler avec Clín, ça dépassait de loin les forces de Mrlán pour aujourd'hui. Tout de même, on a les textes, insista le vicaire avec une candeur confondante. Le *Livre de Nthán* est plutôt clair sur le sujet. Clair et inquiétant, si vous voulez mon avis. Vous connaissez mieux que moi la Diatribe aux Terriens, Nthán y fait un parallèle évident entre la vie à terre et… – certainement, certainement, le coupa Mrlán qui s'éloignait déjà vers les cabines. Clair et inquiétant, oui. Tu veux un conseil, Clín, le voici : prends ça comme une épreuve. Le roi Mrú met ta foi à l'épreuve, là. Si tu passes à travers ce moment de vérité, tu n'en sortiras que plus fort. Et d'ici là, bonne nuit.

Sans plus se retourner, le frère Mrlán glissa sur le pont aussi vite qu'il le put. Il ne se retourna pas davantage lorsque son vicaire, resté accoudé à la balustrade, jeta un dernier lot d'inepties à la nuit. Paraît que ça fait tout drôle, de marcher sur la terre, lança-t-il à moitié pour Mrlán, à moitié pour lui-même. Que ça ne tangue pas sous les pieds. Mrlán renifla. Il avait du mal à y croire. Il ne répondit rien. Paraît que là-bas les gens se déplacent à quatre pattes, comme des bêtes. À cause que ça ne tangue pas, voyez. On n'y tient pas debout. Mrlán poussa la porte du quartier des officiers et disparut jusqu'au lendemain matin.

Demain ou après-demain, avait dit le capitaine. Le frère Mrlán s'en réjouissait. Il avait eu bien peu à se mettre sous la dent en quatre-vingt-dix-huit jours qu'avait duré le voyage. Bien peu de distraction – les petits pêcheurs à punir comme celui de ce matin, ça ne courait pas les mers. Et il était parvenu aux limites de sa patience envers Clín, il le sentait un peu plus fort chaque jour. Il était temps que ça se termine.

*

Finalement ce fut pour après-demain. On arriva en deux temps, d'abord la surface de la mer s'assombrit très nettement et le capitaine jugea que tiens, c'était bizarre, on approchait sans doute du but, et puis ce fut l'horizon qui changea, l'horizon désespérément plat des cent derniers jours soudain animé de volumes inédits, de lignes et de reliefs formant une terre, une série de petites terres entourées d'eau : l'archipel sur lequel le Cgr avait mis le cap trois mois plus tôt. On y était. Au dernier mille tout l'équipage fut sur le pont, y compris les plus pieux des marins – même Clín qui y voyait pourtant l'œuvre du diable – pour admirer le spectacle de cet archipel surgi des eaux, qu'on n'avait plus vu depuis deux mille ans. Accoudé au garde-corps, le frère Mrlán était abasourdi.

Le port ceinturait ce qui semblait être la plus grande des îles. Ici des navires de toutes tailles étaient alignés contre les vestiges d'un escalier antique qui descendait peut-être loin sous la mer, c'est ce qu'imagina Mrlán en tout cas. L'île avait des allures de colline, c'était un mont au sommet duquel s'étendait une ruine grossièrement rafistolée – parmi les décombres un dôme grisâtre et moussu était encore debout, mais la taille des fondations laissait penser que beaucoup d'autres avaient dû s'élever à ses côtés. À présent des murs et un appentis de tôle greffés à la structure lui redonnaient vie : en témoignait un filet de fumée grise échappé du toit. Les flancs de la colline, vastes pentes tout droit versées dans la mer, présentaient un agglomérat de petites constructions quasiment montées les unes sur les autres, aux couleurs et aux architectures chamarrées, faites pour la plupart d'entre elles de matériaux de récupération. Et partout où se portait le regard, des gens. Des gens plein les ruelles étroites qui séparaient les habitations, des gens dans et même sur ces abris de fortune, occupés à bricoler, retaper, étoffer le bazar de cette cité bon marché – des gens jusque sur le port, jusque dans l'eau, comme si chaque millimètre disponible de cette nouvelle terre était occupé par une âme. Quant au bruit, eh bien le bruit allait de pair avec le reste du tableau. Cris, injures, chansons, peut-être même agonies et fornications dans l'ombre. On ne s'entendait plus penser. Mrlán et son équipage contemplaient la ville comme le Cgr abordait doucement le port. Leurs yeux étaient assommés de nouveautés, assaillis d'horreurs. On n'osait rien se dire. On n'avait jamais vu ça. Clín était surpris et, pour tout dire, un peu déçu de constater que les gens ici se déplaçaient debout, sur leurs deux jambes, mais le foutoir ambiant le confortait dans sa méfiance. L'endroit était dangereux.

Bidonville : si ce mot avait eu quelque signification pour eux, c'est à lui que Mrlán et ses hommes auraient songé, là, aux pieds de la colline.

On se rassembla comme on le put le temps d'amarrer le Cgr – le port était dans un état similaire à la ville, à savoir parfaitement chaotique, si bien qu'il fallut une bonne demi-heure et une forte dose de concentration pour y manœuvrer jusqu'à un emplacement libre. Là, on décida que l'équipage resterait à bord en attendant d'en savoir plus et l'on se mit en route avec Clín qui, miraculeusement, ne décrochait plus un mot – à la place, il portait sur toute chose un regard vaguement suspicieux, vaguement furieux, puis hochait la tête comme s'il classait mentalement les preuves que l'île était aux mains des mécréants. Une espèce de version enragée de Clín, jugea Mrlán – mais une version silencieuse, au moins. On foula la terre pour la première fois de sa vie, du bout de la bottine d'abord, on s'étonna que ce soit si dur sous le pied, on s'étonna que ça tangue aussi peu, et puis on oublia après trois pas devant soi. Sur le quai, un homme au statut incertain – était-ce un marin, un garde ou un simple mendiant ? – leur indiqua les hauteurs de l'île d'un geste du menton lorsque Mrlán lui demanda où étaient installées les autorités locales. La grande ruine fumante au sommet de la colline. Le frère Mrlán aima cette idée, la tête au sommet, elle lui évoqua l'ordre, la hiérarchie, le système pyramidal – elle avait beaucoup de sens et le rassura aussitôt : le chaos n'était donc pas complet ici-bas.

Ils s'attaquèrent à l'ascension de l'île – un grand mot, l'ascension, il s'agissait plutôt d'un faux plat, disons trente, quarante mètres de dénivelé tout au plus, peut-être la notion de *promenade* est-elle ici plus indiquée, ou bien de *marche*, tiens, oui, disons qu'ils marchèrent tous deux, Mrlán et Clín, en direction du sommet. Plus que le dénivelé, ce fut la foule qui les découragea rapidement. Il fallut emprunter des ruelles si étroites et si noires de monde qu'on dut bousculer, frotter, enjamber plus d'un habitant du cru. Il va de soi que ni Mrlán ni Clín n'avaient jamais approché personne d'aussi près, aussi l'expérience s'avéra-t-elle particulièrement désagréable, et en ce sens la notion d'ascension ne nous paraît plus si idiote, en fin de compte, on regretterait presque de l'avoir abandonnée en route. L'odeur, aussi, et la boue qui s'insinuait partout achevèrent de dégoûter nos deux prélats, dont le chemin de croix évoqua celui du messie d'une religion perdue depuis longtemps. Et sur leur passage personne pour les saluer, personne pour mettre genou à terre ni invoquer Mrú malgré leur capeline d'écailles qui indiquait clairement leur fonction – en revanche on les dévisagea beaucoup, avec des airs plus ou moins féroces, plus ou moins ahuris. Clín s'émut de ces regards et voulut plusieurs fois exiger repentance, avant de se souvenir que l'équipage était resté à bord du Cgr. Une réponse autoritaire aurait nécessité le surnombre, à tout le moins l'égalité des forces : à un contre cent, leurs chances d'obtenir autre chose qu'un bon coup de pied au cul étaient maigres. Mrlán, quant à lui, ne songea pas à punir les badauds, trop préoccupé qu'il était par la découverte de ce monde, ce nouveau monde. Outre celles de la boue et des excréments tout ça avait une odeur, une odeur claire : l'odeur du changement. Le frère Mrlán n'était pas tout à fait opposé au changement, mais ce qu'il n'aimait pas, ce qu'il n'aimait pas du tout, c'était que le changement se trame derrière son dos, sans qu'il soit au courant. En ce sens il avait fait corps avec la philosophie de l'Ordre dès ses premiers temps au séminaire : l'Ordre lui non plus n'était par principe opposé à aucun changement, dès lors qu'il en était à l'origine. Que le monde change sans lui, en revanche…

Au fond l'île était très petite, et si pleine d'hommes qu'elle semblait plus petite encore : trois ou quatre venelles creusées chaotiquement dans le bidonville et c'en fut terminé, *ouf*, l'horizon finit par s'ouvrir et les ruines rafistolées s'élevèrent à quelques pas, avec leurs grandes portes de tôle. On s'y dirigea avec soulagement – on a vu le peuple, voyons voir ce que valent ses maîtres, lança le frère Mrlán à mi-voix, avec une espèce de solennité propre aux fins de chapitres.

*

Le restaurant était gigantesque. Ou plutôt la cantine : sur peut-être cent mètres de long s'alignaient de grandes tables de bois où mangeait et buvait une foule nombreuse. D'autres allaient et venaient parmi les piliers décapités de l'ancienne structure, les bras chargés d'assiettes et de chopines encore coupleines. Tout au fond de la pièce, au croisement de deux couloirs et sur une estrade de pierre, une petite équipée s'affairait à remplir des verres et remuer l'intérieur de hautes marmites bouillonnantes, et la fumée montait vers le plafond avec celle du tabac d'algues bleues que consommaient les clients. L'air était épais, presque solide, et le brouhaha tout aussi compact : Mrlán et Clín y entrèrent comme on entre dans l'eau, la respiration retenue et les yeux plissés. Premier constat : le bazar ici semblait aussi dense qu'au-dehors. Second constat : les gens d'ici, ceux qu'on avait désignés au frère Mrlán comme *autorités locales*, semblaient aussi pouilleux que ceux du bidonville. Pas tout à fait ce que Mrlán avait espéré. Il n'y avait là qu'ivrognes et soudards, des seconds rôles sans épaisseur ni avenir dans cette histoire, à l'exception notable de deux d'entre eux qui brillaient un peu plus que les autres, comme si une aura d'importance les enveloppait – à moins que ce ne fut l'éclairage, habilement dirigé par l'ingénieur lumière. Le premier, disons la première, était une femme, une femme bien charpentée, plutôt belle, qui allait entre les commis de cuisine et leur donnait des ordres. Le second, qui tirait sur une pipe sous une moustache ridicule, était le seul de l'assemblée à paraître seul, justement, attablé qu'il était à un coin, le regard dans le vague, la bouche close.

Ce même moustachu fut le premier à réagir, parfaite coïncidence, lorsque Mrlán et Clín s'avancèrent dans la pièce – à pas mal assurés que n'arrangeait en rien le sol, large dalle de pierre percluse d'irrégularités occasionnées par deux mille ans d'érosion. On avançait entre les tables, donc, sans trop savoir quoi faire, qui demander, les gens autour ne prêtaient nullement attention à eux, lorsque monsieur moustache se redressa vivement et fit signe aux deux hommes d'approcher. Par ici, siffla-t-il comme si son geste était insuffisant. Clín regarda le frère Mrlán, le frère Mrlán regarda Clín : on décida sans avoir à le dire de rejoindre l'inconnu à sa table. Bientôt on fut assis à ses côtés – Clín à sa droite, Mrlán en face d'eux. C'est vous ? demanda Mrlán sans plus de cérémonie. Il s'avéra que oui, c'était lui. Vktr Montmartre, confirma l'inconnu qui n'en était soudain plus un : responsable des fouilles. On m'a dit que vous seriez là aux beaux jours, ça fait quelques semaines que je vous guette. Ni révérence réglementaire, ni invocation de Mrú, lui non plus. Mrlán et Clín échangèrent un nouveau regard, incrédule cette fois. Vktr *comment* ? s'étonna Clín. Montmartre, répéta Vktr dans un sourire – avant de comprendre : oh, oui, se ravisa-t-il, c'est quelque chose d'assez nouveau. Nous étions tout simplement trop nombreux sur l'île, imaginez quarante ou cinquante Vktr au même endroit, alors on a trouvé ce truc pour se différencier les uns des autres. Le deuxième nom. Pendant un temps on a essayé autre chose avec le lieu de vie, moi ça donnait Vktr de-la-troisième-rue-à-gauche-après-le-vendeur-de-sel, et puis finalement on a trouvé que ça faisait long, alors voilà : Vktr Montmartre, pour moi. Mrlán et Clín étaient bouche bée. Mais, hésita Mrlán, excusez-moi, vous avez dit *comment*, au juste ? Vktr *quoi* ? Clín renchérit en tentant de se souvenir à voix haute, Mòmrtre… Mtmèrtr… ? *Montmartre*, prononça lentement Vktr. Ou Mtmrtre, si vous préférez. Mrlán et Clín soupirèrent de satisfaction. Ah, oui, Mtmrtre ! s'exclamèrent-ils de concert. Bien sûr. Et ça vient d'où ? se ravisa soudain le vicaire, l'œil à nouveau soupçonneux. D'en dessous, répondit fièrement Vktr en pointant le sol du doigt. C'était gravé sur une plaque, sous la mer – il y a des tas de choses incroyables tout autour de nous, vous n'avez pas idée. J'ai trouvé ça joli. Et puis j'ai de bonnes raisons de croire que c'est en langue originelle, ajouta-t-il avec du mystère dans les yeux. Clín se détendit un peu. Si c'était en langue originelle, alors tout allait bien. En parlant de ça, poursuivit Vktr, je ne sais pas ce qu'on vous a dit pour le moment, mais c'est une découverte monumentale qu'on a faite là-dessous. Une découverte qui va boulev…

Vous allez vous taire, l'interrompit le frère Mrlán dans un effort surhumain pour sembler aussi sympathique qu'autoritaire. Il avait passé un doigt sur sa bouche pour inviter Vktr au silence. Vous n'allez plus reparler de ça en public tant qu'on ne sera pas sur place, vous et moi. Je veux d'abord voir de quoi il retourne, puis vous m'expliquerez tout. C'est clair ? Vktr, yeux ronds, ravala sa salive et acquiesça timidement. Le message était passé. Bien, se félicita Mrlán sans se soucier du malaise qu'il venait d'inviter à la table. Vous avez un bateau, j'imagine. Rassemblez votre équipage, nous partons dans une heure. Vktr en fit tomber sa pipe. Dans une heure, répéta-t-il avec surprise. Pour le site de fouilles ? C'est ce que j'ai dit, confirma d'un air sec le frère Mrlán, pas prêt à lâcher le personnage intransigeant qu'il improvisait. Vktr éclata d'un rire bref, qui détendit aussitôt l'atmosphère. C'est impossible, rétorqua-t-il en rassemblant le tabac renversé plus tôt. On ne bougera pas d'ici aujourd'hui. Et probablement demain non plus. Clín, aussi peu habitué que son supérieur à ce qu'on le contredise, réagit le premier : pardon ? s'étrangla-t-il quasiment. Le frère a donné un ordre, comment osez-vous le contredi… – ce n'est pas que je ne veux pas, s'excusa Vktr. C'est que je ne peux pas. Laissez-moi expliquer ! On le laissa expliquer. On a découvert que la mer autour de l'archipel se retirait par moments, avant de remonter tout d'un coup, commença Vktr. On parle de reflux et d'afflux de l'eau, si vous voulez. Eh bien ? s'impatienta Mrlán. Eh bien, quand elle se retire, elle libère des cavités entières là-dessous, qu'on emprunte pour atteindre des poches d'air – des coins restés au sec depuis toujours. Ce que j'ai à vous montrer, ma découverte, eh bien, c'est dans l'une de ces poches d'air qu'elle se trouve. Et pour l'instant, hum, la mer est à son plus haut, si j'ose dire. Aucune idée de quand elle se retirera.

Le frère Mrlán sentit tout son corps glisser vers le sol. Il n'avait pas prévu ça – et Dieu sait qu'il détestait l'imprévu. Mais, bon, comment, balbutia-t-il, ça dure longtemps, ces conneries, en général ? Et vous faites quoi, vous, en attendant ? Vktr haussa les épaules. Je traduis les relevés que j'ai pris là-dessous, je classe les documents, je rédige des rapports.

Je m'occupe. Pour le reste je ne sais pas trop, disons que ça dépend des fois. Ça m'arrive de rester bloqué à terre une semaine. Parfois moins. À vrai dire je ne suis pas spécialiste du reflux, loin de là. Moi mon truc, c'est les fouilles, l'épigraphie. La langue originelle. La mer, bon, je suis comme vous, je n'y connais à peu près rien. Si l'on estimait que la mer était une entité divine, habitée dans chacune de ses gouttelettes par le Saint-Esprit, alors le frère Mrlán ne considérait pas qu'il *n'y connaissait rien*. Philosophiquement en tout cas, il en savait un rayon sur la mer. Pour ce qui était des questions techniques, en revanche… C'est le maire qui mesure le reflux, ici, ajouta Vktr. Et c'est lui qui décide quand je peux sortir en fouilles ou non, de toute façon – oui, on a fini par élire un maire, expliqua-t-il. Une sorte de chef de groupe, si vous préférez. Il chapeaute tout ce qui touche aux affaires communes, plus ou moins. Bien, commenta Clín. À quel ordre appartient-il ? Vktr fit la grimace. Ça n'est pas tellement le genre à faire partie d'un ordre, si vous voulez mon avis. Ou bien je ne suis pas au courant. D'accord, voulut conclure Mrlán avec un peu de condescendance dans la voix. Ce maire, où peut-on le trouver ? Qu'on en finisse. Vktr recula sur son banc et balaya le restaurant des yeux. C'est très simple, commenta-t-il, il est. Il est il est il est, juste *là* : son regard et son doigt s'arrêtèrent sur la grosse silhouette d'un homme endormi sur sa table, un peu plus loin. Devant lui les cadavres de nombreuses chopines, toutes vides. Mais on dirait qu'il a terminé sa journée, constata Vktr dans une mimique gênée. Mieux vaut essayer demain. Le jeune homme – a-t-on précisé qu'il était plutôt jeune, malgré ce que sa moustache voulait faire croire ? – se pencha sur la table et invita les deux autres à se rapprocher : pour être honnête il ne va pas très bien, en ce moment, chuchota-t-il avec empressement. Autrefois c'était le meilleur pêcheur du coin, c'est même pour ça qu'on l'a élu maire. Mais à présent qu'on élève le poisson à l'arrière du port, il n'a plus grand-chose à faire. Il boit, principalement.

D'un même geste, Mrlán et Clín passèrent une main sur leur visage. L'élevage bien sûr contredisait tout l'enseignement du Livre, qui privilégiait le face-à-face, la communion avec le poisson – sa pratique était formellement interdite par l'Ordre. Apparemment, les gens d'ici avaient aussi oublié ça. Son vicaire trépignait, Mrlán le sentait, alors il dirigea le plat de sa main vers lui pour contenir ce qu'il s'apprêtait à dire et parla à sa place. Bon, souffla-t-il avec résignation, alors qu'est-ce qu'on fait ? Moi, ce que je vous propose, répondit Vktr sans se laisser abattre, c'est de manger un bout, de boire un coup, et on verra demain pour notre affaire. Vous savez qu'on a remonté des bouteilles de là-dessous (encore le doigt pointé vers le sol) – le fameux breuvage du Livre, le vin, on en a du vrai, juste ici ! C'est probablement le seul endroit au monde où on pourra vous en servir. Ah. Voilà qui mit un peu de baume au cœur de nos deux prélats – c'étaient sans doute les premières paroles en accord avec Lui qu'ils entendaient depuis leur arrivée sur l'île. Le *Livre de Nthán* digressait largement sur le vin, ce breuvage de Dieu aidant à se lier aux poissons, à comprendre leur langue. Mrlán s'était souvent demandé quel goût cela pouvait avoir. Devançant leur accord, Vktr leva le bras pour appeler un serveur et, cahin-caha, livrant une bière à droite, répondant à une blague, enregistrant une commande, déposant une assiette à gauche, la femme aperçue quelques minutes plus tôt s'approcha de leur table.

C'est la première fois que je vois des prêtres de l'Ordre d'aussi près, lança-t-elle quand elle fut à eux. Messieurs, bienvenue. Mains sur les hanches, sourire étincelant au visage, elle se laissa dévisager et plus encore, de haut en bas – l'habitude. C'était une vraie femme de la mer, aux bras et au cou robustes, aux hanches larges, avec de jolis cheveux bruns et un sourire gouailleur. Un sourire qui disait toujours la vérité. Depuis sa fondation, l'Ordre était partagé sur la question des femmes. Le *Livre de Nthán* y faisait très peu référence, tout juste l'auteur évoquait-il une ancienne épouse, une traîtresse – on n'était pas certain de la traduction – et c'était tout. En l'absence d'éléments tangibles, certains hommes de foi avaient pris le parti de les ignorer, quand d'autres préféraient les haïr. Le frère Mrlán n'en avait pas croisé assez dans sa vie pour avoir une opinion arrêtée sur le sujet, mais il était certain d'une chose, celle-ci lui plaisait. Le vicaire Clín, quant à lui, qui on l'aura compris tenait de la branche dure de l'Ordre, la jugea vulgaire et, bien sûr, dangereuse. Si bien que pour deux raisons différentes, timidité enfantine de Mrlán, méfiance aveugle de Clín, aucun des deux hommes ne répondit à la serveuse. Bien bien bien, meubla Vktr pour dissiper le malaise. Voici Flr, la patronne – Flr est un peu notre mère à tous, ici. Il ajouta un rire peu convaincu de lui-même. Ladite Flr ne se départit pas de son sourire malgré le mutisme des prêtres, tous les deux rouge pivoine à présent. Elle eut un curieux rire de gorge. Eh oui, confirma-t-elle, je fais partie des premiers colons de l'île – vingt ans déjà. J'étais haute comme ça à l'époque (indiquant de la main le niveau de la table). On a ouvert ce boui-boui avec mon père, c'est lui qui a tout reconstruit, de ses mains. On peut dire que je fais partie des murs, en quelque sorte. Nouveau rire enchanteur. Désarçonné, Mrlán voulut briser la glace. Ah, bien, hésita-t-il, et où est-il, ce brave homme, votre père ? Que je le félicite pour… tout ça, avec un geste vague autour de lui. Flr se rembrunit aussitôt. Un peu plus bas sur la colline, bredouilla-t-elle. On l'a enterré l'année dernière.

Le frère Mrlán sentit son estomac se nouer. Avant qu'il ait pu réagir, Clín avait bondi de son banc, le front bas et les poings serrés. Frère Mrlán, souffla-t-il avec de l'électricité plein la voix, plein les gestes, ils. Ils. Ils enterrent leurs morts.

Mrlán se pencha par-dessus la table et attrapa l'épaule du vicaire. J'ai entendu, chuchota-t-il nerveusement. Mais je ne crois pas que ce soit le moment de – le corps du défunt doit être rendu à la mer, gronda un Clín furieux qui n'écoutait plus que sa rage. Ils élisent un maire païen. Ils emprisonnent le poisson pour en faire l'élevage. Et maintenant ça. Frère Mrlán, on est ici depuis deux heures et j'en ai déjà assez entendu pour condamner cent fois cette cité mécréante. Certainement, oui, voulut le tempérer Mrlán, mais enfin – tout brûler, trancha Clín. Voilà ce que je préconise. Mrlán faillit s'étrangler. Tout quoi ? On brûle tout, répéta son vicaire. Et on fait passer le message qu'on reviendra tout cramer si d'autres osent encore s'installer ici. Cet endroit, c'est, *brrr*. C'est l'antre du péché. Mrlán regarda son vicaire d'un air grave. Deux petites flammes brillaient au fond de ses yeux. Certainement, répéta-t-il lentement. Tu vas plutôt rentrer au bateau, hein. Dans tes quartiers. Tu vas te reposer, moi je m'occupe du reste. Clín s'en trouva soudain désarmé. Que je rentre ? s'étonna-t-il. Vous me congédiez ? Mrlán acquiesça. Voilà, oui, je te libère pour ce soir. Prends-toi un verre si tu veux – mais pas ici – puis retourne sur le Cgr. On se verra demain matin.

Le logiciel Clín était court-circuité – en six ans jamais son maître ne l'avait congédié, il l'avait suivi partout comme son ombre, depuis toujours. Une ombre un peu bavarde mais une ombre quand même. Tout penaud, rendu muet de surprise, il se dégagea du banc comme un automate et tituba vers la sortie – sans avoir salué personne. Flr et Vktr étaient restés tout ce temps en retrait, à s'échanger des sourires gênés sans trop comprendre ce qui se passait. Une fois seul avec eux, le frère Mrlán ajouta sa gêne à la leur. Il s'excusa brièvement – le voyage a été épuisant, plaida-t-il. On ne lui en tint pas rigueur. On va te prendre une bouteille de ton vin, commanda Vktr à Flr pour passer à autre chose. Une bouteille, oui.

Ce sera très bien. Flr s'éclipsa vers la réserve, Mrlán reprit place face à Vktr. On n'était plus que deux à table.

Ça n'était plus vraiment du vin. Plutôt une espèce de liqueur, disons un vinaigre noirâtre, épais, qui glissait du goulot avec pesanteur. C'était un vin qu'on aurait dû boire il y a deux mille ans, mais Mrlán et Vktr n'en savaient rien alors ils le burent quand même – et lorsque la première gorgée brûla l'œsophage du frère Mrlán et qu'il jugea le breuvage parfaitement dégueulasse, il n'en dit rien par respect pour le Livre, et au contraire fit mine de se régaler. Par la suite il pensa très fort aux poissons dont il comprendrait bientôt la langue, et cela l'aida bien. Cependant Vktr s'était mis en tête d'exposer la manière dont s'était formé l'archipel. L'origine c'était le niveau de la mer, expliquait-il. Il baissait. Quand on l'a découverte, l'île où nous nous trouvons faisait peut-être un tiers de sa superficie actuelle. Et chaque année on grignote sur la mer, on gagne des centimètres. On le voit bien au niveau de l'escalier du port : chaque année c'est une marche en plus, facile. Pareil sur les autres îles. Mrlán n'était pas certain que ce fût une bonne chose : la mer c'était sacré, alors perdre un peu de mer chaque année, bon, pas certain que l'Ordre y voit un bon présage. Il ne dit rien de ses états d'âme à Vktr. Là-dessous s'étendent les ruines d'une ancienne cité tentaculaire, continua l'archéologue. On n'en a fouillé qu'une infime partie pour le moment – du travail pour une vie entière. Les quatre îles de l'archipel forment quatre collines au pied desquelles était construite la ville. On peut très bien imaginer qu'à terme, quand exactement je n'en sais rien, la mer aura assez baissé pour libérer tout l'espace, et alors l'ancienne cité sera de nouveau là, au sec. À portée de main. Des milliers de gens pourraient y vivre – peut-être même davantage. Imaginez. Mrlán imagina des milliers de personnes vivant les unes sur les autres, dans l'ignorance la plus totale des enseignements du Livre. C'était, il dut le reconnaître, assez vertigineux.

Plus tard, Vktr commença à changer de visage. Il changea *littéralement* de visage, c'est-à-dire que sa figure s'allongea progressivement jusqu'à n'être plus qu'un mince filet de chair avec deux yeux au sommet, une bouche à la base et sa moustache ridicule entre les deux. La tonalité de sa voix s'étira également, il eut des mots très aigus et d'autres incroyablement graves que Mrlán eut du mal à comprendre, et puis bientôt ça n'eut plus d'importance puisque Vktr s'exprima dans un dialecte inconnu, caverneux. À ce moment Mrlán réalisa qu'il était saoul. Ce vin, c'était autre chose que la bière à l'eau de mer qu'il avait consommée toute sa vie. Sans qu'il s'en aperçoive la soirée était devenue aussi épaisse que le vin, il évoluait désormais au travers d'un brouillard mou, sensible, qui ralentissait chacun de ses gestes et chacune de ses pensées. D'habitude, le frère Mrlán se méfiait des types dans le genre de Vktr, les linguistes, les spécialistes de la langue originelle et autres scientifiques de la foi. C'était le genre à tout savoir mieux que tout le monde, le genre à contredire l'Ordre, aussi, et à vous expliquer comment il fallait lire Nthán. Mais le vin aidant, il trouva notre jeune moustachu de plus en plus sympathique à mesure que la soirée avança. Et tant pis s'il ne comprenait plus un mot de sa bouche. Mrlán embrassa plusieurs fois la cantine du regard et contempla les hommes assis là, des ignorants, des mécréants pour la plupart, que cette satanée ville avait vidés de leur foi. Il en conçut un sentiment à mi-chemin entre l'horreur et la fascination.

Tard cette nuit-là, Flr quitta ses fourneaux et vint s'asseoir près d'eux. On déboucha d'autres bouteilles. Elle dit à l'oreille de Mrlán qu'elle avait goûté à beaucoup d'hommes dans sa vie, mais à un religieux, jamais. Dans ses souvenirs les moins fiables, Mrlán lui caressait le ventre et embrassait son cou robuste. À moins que ce ne fût en rêve.

*

Le frère Mrlán se réveilla dans sa cabine – comment était-il parvenu à rentrer ? – avec un double souvenir de sa nuit : un épouvantable mal de crâne et un petit mot porté par Vktr plus tôt ce matin-là. Le petit mot disait, succinctement : *Marée haute – Maire a dit non – Je poursuis mon travail de traduction en attendant. Vktr Montmartre*. Du côté du Cgr, on ne voulut pas s'en tenir là ; Mrlán et Clín furent en ville avant midi (le temps de faire passer ce fichu mal de crâne), direction le bureau du maire. Clín faisait un peu la gueule pour la veille mais c'était un type consciencieux : on avait besoin de lui, il était là.

Le maire en revanche n'y était pas, là. Son bureau occupait une chambre du restaurant de Flr, dont on découvrit à cette occasion qu'il faisait également hôtel. Lorsqu'ils s'y présentèrent, les deux prêtres trouvèrent porte close. On interrogea les clients, des passants, on envoya des commis chercher le maire à travers la ville. Rien n'y fit. Clín proposa de mettre le feu à l'endroit en représailles. Mrlán ne retint pas la proposition.

Pour le dîner, Mrlán se débarrassa à nouveau de Clín qui semblait cette fois s'y attendre – sans broncher, le vicaire partit rôder dans le bidonville, à la recherche de quelque mécréant à châtier. Au restaurant de Flr, le frère commanda une bouteille, à condition que Flr la partage avec lui. Ce qu'elle fit. Un peu plus loin Vktr fumait sa pipe, le regard dans le vide, et deux rangées derrière, endormi sur sa table, le maire cuvait son vin.

*

Cela faisait quatre jours qu'on leur refusait l'accès au site de fouilles. Les petits mots de Vktr s'empilaient sur le secrétaire de Mrlán. *Traduction avance bien – Probablement à l'aube d'une grande découverte – Maire a encore dit non.* Ledit maire était un fantôme introuvable. Clín arborait un superbe œil au beurre noir dont il refusait catégoriquement de révéler l'origine. Le frère Mrlán prit alors conscience que les choses risquaient de durer bien au-delà de ce qu'il avait imaginé. On ne pouvait décemment pas confiner l'équipage indéfiniment, il fit donc passer le mot qu'à partir d'aujourd'hui, les marins pourraient descendre à terre après leur service. Couvre-feu à minuit. Interdiction de ramener des filles.

Le soir-même, Mrlán était au restaurant – sa nouvelle cantine – et batifolait avec Flr. À sa grande honte il ne pensait plus au Livre, pas plus qu'à Mrú, à cet instant seuls comptaient le vin et le rire de Flr. Il vint un moment où Flr voulut fermer son restaurant, congédier les derniers clients, Mrlán se proposa pour donner un coup de main et l'instant d'après il n'y avait plus qu'eux dans cette grande pièce aux lumières basses et aux tables jonchées de restes et d'éclaboussures. Flr déclara que le ménage attendrait demain matin et puis tiens, tu n'as jamais vu les chambres, ici ? demanda-t-elle innocemment à Mrlán, qui tout aussi naïvement répondit que non, il n'avait jamais vu les chambres, montre-moi. On tituba jusqu'à une pièce, un lit, des gestes aidés par l'alcool déplacèrent du tissu, l'arrachèrent carrément, et puis désormais nus on entreprit de se réchauffer l'un l'autre, les bouches et les mains s'activèrent, d'abord les mains et puis surtout les bouches, et enfin d'autres choses survinrent, des choses dont le frère Mrlán n'avait jusqu'ici qu'une vague idée mais dont il fut certain, à l'instant qu'il les découvrit, qu'il ne pourrait plus s'en passer.

Il s'était habitué au mal de crâne – au fil des jours il était de plus en plus supportable. Les cris de Clín en revanche, qui le firent sursauter si fort qu'il chuta de son lit, réveillèrent chez Mrlán une douleur aiguë sous les arcades sourcilières. Une douleur à vous flanquer de fort mauvaise humeur. De fort mauvaise humeur, donc – quoique le souvenir de Flr nue l'atténua aussitôt qu'il se remémora sa nuit –, le frère Mrlán déboula sur le pont en pyjama, mal rasé, prêt à pendre le premier mécréant venu. Clín l'accueillit avec embarras. L'équipage était rassemblé derrière lui. Eh bien, quoi ? voulut savoir Mrlán. Il nous manque un homme. Clín avait lâché le morceau comme on vide son sac, sans y mettre de forme. Il semblait dévasté. C'est Smn, il n'est pas rentré hier soir. J'ai fait l'appel trois fois, j'ai fait fouiller le bateau, rien : il a disparu. Mrlán se frotta les yeux. Merde. Le banc était dispersé depuis moins d'une journée et voilà qu'un anchois manquait déjà à l'appel. Ce sont les gens d'ici, cracha Clín avec rage. Sûr qu'ils l'ont enlevé. Je le dis depuis le début, on aurait dû tout cramer d'emblée, rien de tout – hem, toussa un mousse d'un air gêné, assez fort pour couper la parole au vicaire. Les deux prêtres firent volte-face, quatre yeux braqués sur le jeune homme. Quelque chose à nous dire, gamin ? gronda Mrlán dont la patience, il le sentait, serait limitée aujourd'hui. On pensait pas que ça prendrait ces proportions, balbutia l'autre, mais enfin Smn, bon, disons qu'on l'a vu partir avec une fille, hier soir. Avec une fille ? s'étrangla Clín. Mais où ? Où ça ? Elle a parlé d'un bordel, de l'autre côté de la colline, continua le délateur. Je crois qu'elle travaille là-bas.

Mrlán et Clín échangèrent un regard entendu, et horrifié – quoique Mrlán surjoua un peu ce dernier sentiment, la nuit qu'il venait de passer lui faisait relativiser les choses. Néanmoins il fallut réagir, et vite. En moins de deux le frère Mrlán fut désaoulé, rasé, vêtu et mis à la tête d'une troupe armée tout droit lancée à travers la ville. On remua le bidonville en long, en large et en travers jusqu'à trouver le fameux bordel, qu'on remua à son tour. Là, au fond de la plus miteuse des chambres, recroquevillé sur le plus miteux des matelas, on trouva finalement Smn. Le pauvre garçon pleurait. Soudain doux comme une carpe,

Mrlán se pencha sur le corps de son mousse et le couvrit d'un drap – car Smn était nu, ce qui faisait quand même mauvais genre. Je veux, balbutiait-il. Je veux, je veux, je voudrais. Le frère Mrlán rassura l'anchois égaré. Du calme, souffla-t-il. Tu voudrais *quoi*, dis-le sans crainte. Rester ici, avoua Smn. Avec elle. Vivre parmi eux. Mrlán se sentit profondément désolé pour Smn. Il se redressa et hocha la tête à l'attention de son vicaire. Je fais préparer le bûcher ? demanda Clín, déjà au garde-à-vous. Mais non, mais non ! s'exclama Mrlán pour éteindre le cri naissant de Smn. Bien sûr que non. Smn a fait une erreur mais il reste l'un des nôtres, alors le punir ? Non. Au contraire, c'est un cadeau que je voudrais lui faire. Et alors, d'une voix suffisamment forte pour être entendu de tous, y compris des marins restés dans le couloir, le frère Mrlán confia à son mousse qu'il avait de la chance, beaucoup de chance : aujourd'hui, tu vas communier avec Lui, annonça-t-il dans un sourire.

Sur le chemin du retour et après qu'on eut organisé la communion – Smn échoua, sans grande surprise –, le frère Mrlán observa très attentivement ses hommes jusqu'à lire la peur dans leurs pas, dans leurs gestes. Tous étaient tenus par la peur, c'était clair. Mrlán jugea que c'était une bonne chose. Voilà qui passerait aux autres l'envie de se tirer d'ici.

*

Le lendemain matin il manquait trois hommes à l'appel. Mrlán tomba des nues. Clín érigea trois bûchers en pensée. Ceux-là n'avaient retenu qu'une leçon de la veille : pour réussir son évasion, il faudrait se montrer plus malin que Smn. Alors ils se cachèrent bien mieux que leur prédécesseur. On mit deux jours à retrouver les deux premiers – un mérou leur dévora à chacun le visage. Quant au troisième, on ne le revit pas. Il convenait de stopper l'hémorragie, quatre fuyards en deux jours, ça n'était pas sérieux du tout. Le frère Mrlán décréta à regret que l'équipage serait de nouveau confiné – la nuit suivante, trois autres marins quittaient le navire.

Le Cgr prenait l'eau de toutes parts.

Mes hommes désertent, Flr, regretta Mrlán, une nuit qu'ils venaient de faire l'amour. Flr déposa son visage sur le torse de son amant. On dit qu'on les a perdus pour ne pas dire qu'ils désertent, on les cherche comme quelque chose qu'on a perdu, comme des anchois qu'on a égarés, et puis quand on les trouve on les ramène et puis on les tue, mais la vérité c'est qu'ils désertent. Voilà. Qu'on dise l'un ou l'autre, ça change vraiment quelque chose ? demanda Flr avec innocence. Ça change tout, trancha Mrlán. Ça veut dire qu'ils ne veulent plus du Livre, qu'ils ne veulent plus de la foi. Ils ne veulent plus de leur vie. De *ma* vie. Ils veulent la tienne. Et, pour être honnête, je ne comprends pas pourquoi. Peut-être qu'ils veulent juste coucher avec moi, plaisanta Flr pour détendre l'atmosphère. Je fais souvent cet effet aux hommes – même aux religieux. Elle caressa la jambe de Mrlán de la pointe de son pied nu. Ça, c'est certain, rétorqua Mrlán dans un sourire. Mais ils n'ont pas besoin de déserter pour ça. Regarde-moi. Mais toi aussi, tu désertes un peu quand tu couches avec moi, se défendit la jeune femme. Tu ne crois pas ?

Un silence.

Pardon, dit-elle. Pourquoi ? répondit-il. Pourquoi les gens veulent-ils vivre ici, Flr ? Cette île c'est quoi, deux, peut-être trois kilomètres carrés de terrain à tout prendre, la boue, la misère, et le monde entier vient s'y entasser comme si c'était le paradis. Alors que la mer, elle, est infinie. Pourquoi ? Ça n'était pas une question simple, Flr dut y réfléchir un instant. Je crois, avança-t-elle, qu'ici on se sent libres. Prendre cette terre, après tout, ç'a été notre premier élan de liberté depuis quoi, huit cents ans ? Depuis que l'Ordre a libéré le monde de la junte, reconnut Mrlán qui savait son catéchisme par cœur. Mais cette fois, c'est venu de nous, ajouta Flr. Des gens comme moi. Ici, même si elle a des défauts, on invente notre propre façon d'être libres. Tout est encore à inventer. C'est ça qu'on vient chercher sur l'île, depuis l'autre bout du monde. Mrlán ferma les yeux et secoua doucement la tête. Non, regretta-t-il. Décidément, je ne comprends pas.

Je crois que si, le contredit Flr en effleurant le sexe de Mrlán. Je crois qu'au fond tu comprends très bien pourquoi ils fuient ton bateau. Et c'est justement ce qui te fait peur.

Plus tard dans la nuit, lorsqu'il revint au Cgr, Mrlán trouva un mot de Vktr glissé sous la porte de sa cabine. *Découverte exceptionnelle*, disait une écriture plus nerveuse qu'à l'habitude. *Devons nous rendre au site de fouilles dès que possible*. Au lieu de se dévêtir pour sombrer dans son lit, vautré dans l'odeur de Flr, le frère Mrlán relut le petit mot de l'archéologue, encore et encore. Dès que possible, oui. L'expédition était à deux doigts de finir en fiasco, ça ne pouvait plus durer. Bientôt ce serait à son tour de rejoindre la ville. De déserter. Bientôt il ne resterait plus que Clín, droit dans ses bottes, qui trouverait bien le moyen de se condamner lui-même au bûcher, un jour ou l'autre. Alors c'en serait terminé de l'Ordre sur ces mers. Pendant une heure peut-être Mrlán hésita, bercé par le grincement du bateau sur la houle légère. Il se sentit soudain très proche de Nthán contemplant son moi intérieur au secret de son petit voilier – c'était loin d'être son passage préféré du Livre, qu'il jugeait trop lyrique à son goût. Et puis enfin il serra les poings, merde, jura-t-il entre ses dents, plus le choix. Fallait y aller. La lune était haute lorsqu'il fit réveiller Clín en urgence, ainsi que quelques hommes parmi ses plus fidèles marins.

Au restaurant, la fête battait encore son plein – on ne chasserait pas les clients avant deux ou trois heures. L'irruption de la troupe, en revanche, eut pour effet d'alourdir sensiblement l'ambiance. En un instant les marins entourèrent le corps assoupi du maire, qui fut basculé en arrière et réveillé à coups de gifle. Le pauvre homme sursauta comme on sort d'un cauchemar, et hurla lorsqu'il réalisa qu'on le tenait prisonnier – c'est alors qu'un seau d'eau, rempli et transporté par Clín à cette fin, lui fut déversé au visage. Le maire n'arrêta pas de hurler pour autant, au contraire. J'ai été plus que patient avec vous, le prévint Mrlán, mais à présent, changement de tactique : on va parler, vous et moi. L'autre avait les yeux fous et injectés de sang, il était clair qu'il était saoul. Sa trogne rougeaude et son regard bovin lui donnaient l'air franchement stupide. Je sais rien ! répétait-il d'un air vide. Je sais rien. Mais le frère Mrlán en doutait. Nous verrons ça, mon brave. On a toute la nuit pour faire connaissance. Clín, apporte-moi le – Ça suffit ! Laissez ce pauvre Jcq tranquille ! Comme un seul homme la troupe fit volte-face vers l'allée centrale, où un petit homme – vraiment très petit, nota Mrlán, et large comme une orque – toisait les religieux d'un air vindicatif. Le frère Mrlán soupira. Il avait toujours jugé ridicule l'héroïsme des moins-que-rien. Et quelle perte de temps c'était de punir le tout-venant ! Oui ? demanda-t-il avec agacement. Vous êtes ? L'orque pas plus haute que trois pommes mit les mains sur ses hanches et bomba le torse : je suis le maire de cette ville, déclara-t-il dans une espèce de morgue triomphante. Un tintement de cymbales imaginaires accompagna le coup d'éclat, et chacun se sentit un peu bête de n'avoir pas remarqué plus tôt ce lilliputien bodybuildé dont rien n'avait jusqu'ici souligné la présence, et que l'ingénieur lumière avait pris soin de garder tout ce temps dans l'ombre.

Pour une surprise, c'en était une sacrée – une surprise comme on n'en voit que dans les romans. Le frère Mrlán eut un moment d'hésitation. La situation gagna encore en confusion lorsqu'un deuxième homme bondit de son siège, depuis le fond du restaurant, et hurla ne l'écoutez pas, c'est moi, le maire ! Mais il ne s'agissait que d'un plaisantin trop aviné pour comprendre que l'heure n'était pas à la rigolade. Le véritable maire s'était bien démasqué le premier. Jcq me sert de couverture, expliqua-t-il simplement une fois qu'on eut évacué le blagueur. Quand j'ai pas trop envie qu'on m'ennuie – pour le dire poliment. On abandonna la couverture sur un banc pour s'approcher du maire. C'est la première fois que je vous vois, s'étonna Mrlán d'une voix blanche. Le petit homme haussa les épaules. Disons que je suis d'un naturel discret. Vous, en revanche, vous avez eu tout le temps de faire connaissance avec ma fille, depuis votre arrivée. De très près, il me semble. Le frère Mrlán fit mine de ne pas comprendre – cette petite garce de Flr avait donc menti sur son père, réalisa-t-il soudain. Alors, maintenant que je vous tiens, changea-t-il de sujet, dites-moi : ces mystères, ces conneries de reflux… Pourquoi ? Qu'est-ce que vous voulez, au juste ?

Le maire réfléchit un instant. L'idée principale, avoua-t-il enfin, c'était de vous emmerder. Votre tête me revient pas, là. Vous et votre équipage. Et je parle au nom de toute la ville quand je dis ça. Mrlán fronça les sourcils. Clín serra les dents et les poings. Je vois, regretta le frère. L'île est donc bel et bien tombée aux mains des mécréants. Le maire pouffa avec dédain. Il n'y a aucun mécréant ici, voilà une chose que vous ne comprendrez jamais. On n'a tout simplement pas besoin du Livre. Ça fait vingt ans qu'on est là, vingt ans que vous nous ignorez et voilà que vous débarquez comme des fleurs, avec votre foi vieille de cent mille ans. Rentrez chez vous, vous et vos hommes. Oubliez-nous. C'est ce que vous avez de mieux à faire. Le frère Mrlán secoua la tête. Vous savez bien que je ne peux pas. J'ai un travail à terminer avant ça. À vrai dire c'est vous qui nous retenez ici, avec vos enfantillages. Alors, dites-moi. De l'argent ? C'est un pot-de-vin qu'il vous faut pour relancer les fouilles ? Une lueur s'alluma dans l'œil du petit homme. Pas d'argent, non. Prouvez-moi que je peux vous faire confiance. Que vous n'êtes pas qu'un bigot sorti de nulle part qui ne connaît rien aux hommes. Prouvez-moi que vous êtes des nôtres.

Mrlán leva un sourcil. C'était plutôt vague, comme demande. Mais le maire continua, vous savez comment on intégrait les nouveaux venus à la communauté, il y a vingt ans, aux premiers temps de la cité ? Le frère Mrlán ne le savait pas. On leur demandait de pêcher un poisson. N'importe lequel, même un petit, peu importe. En pêchant un poisson, le colon rejoignait symboliquement le groupe, il apportait sa contribution à l'effort commun et prouvait qu'il respecterait notre mode de vie et nos coutumes. C'est peut-être pas dans votre Livre, mais c'est notre philosophie à nous. Ça vous en bouche un coin, hein ? De nous découvrir philosophes. Mrlán prit le temps de détailler les traits forts et la silhouette épaisse du petit homme, en qui il ne vit décidément pas un philosophe. Le terme péquenaud aurait bien mieux convenu. Alors allez-y, trancha le maire. Pêchez-moi un poisson. N'importe lequel. Celui d'entre vous qui me ramènera un poisson pêché de ses mains aura accès au site de fouilles.

Un silence passa dans le restaurant. Le frère Mrlán adressa un regard embarrassé à son vicaire. Ni lui ni Clín n'avaient jamais pêché de leur vie. Tout juste savaient-ils faire bouillir de l'eau – mais attraper la nourriture, c'était bien au-dessus de leurs capacités. Ils se regardèrent ainsi un long moment, sans rien dire, puis Clín eut une mimique contrite et secoua doucement la tête. En réponse Mrlán écarquilla les yeux et hocha la tête à son tour. Comme souvent ils s'étaient compris mais, pour une fois, ils étaient d'accord.

Alors, pour le poisson, c'est non, annonça le frère Mrlán en avançant sur le maire, au niveau duquel il se baissa par génuflexion. Il posa une main lourde de condescendance sur l'épaule du petit homme. Ce que je peux vous proposer, en revanche, c'est de tout cramer. Dans son dos, Mrlán sentit le souffle approbateur de son vicaire. Le visage du maire se décomposa. Tout quoi ? Tout cramer, répéta lentement Mrlán. C'est bien simple, on rase tout. Votre restaurant, votre ville. On ne laisse rien debout. Puis on monte un grand bûcher, par ici (un geste vague au niveau de l'allée centrale), et on y brûle chacun des habitants de l'île. Ensuite on brûle votre fille – malgré toute l'affection que j'ai pour elle. Et puis on termine avec vous. Beau programme, hein ? Vous en dites quoi ? Vous êtes trop peu nombreux, voulut se convaincre le maire. Nous sommes des centaines et vous êtes quoi, dix, quinze tout au plus. On ne vous laissera jamais faire. D'autres viendront, lui assura Mrlán avec gravité. L'Ordre a une réserve d'hommes infinie, croyez-moi. Votre ville est un épiphénomène. Une anomalie. Partout ailleurs, la religion du Livre fait la loi – et les hommes en général détestent les anomalies, ils se feront une joie de venir raser tout ça. Une nouvelle croisade. Imaginez l'euphorie. Une goutte de sueur traversa le front du maire. Il baissa les yeux et se dégagea vivement de l'étreinte du frère Mrlán.

Bon, bon, grogna-t-il d'un air bougon. Z'auriez dû commencer par là. Laissez-moi vérifier mais je crois bien, oui, il me semble que la mer se retire ces jours-ci, justement. Ça devrait être bon pour le site de fouilles. À la bonne heure, se réjouit Mrlán dans un sourire radieux. Comme quoi, la mer, quand on sait lui parler.

Alors qu'il s'apprêtait à quitter les lieux, satisfait de l'issue des négociations, Mrlán eut un dernier mot pour le maire : au fait, le héla-t-il à travers le restaurant. Dites à votre fille que. Le regard noir du petit homme l'arrêta tout net. Vous savez quoi, laissez tomber. Je lui dirai moi-même.

*

L'aube était encore neuve et faisait scintiller la surface de l'eau. Au loin se dessinaient les ombres de l'archipel, avec au premier plan le dôme du restaurant de Flr. Sur le pont du petit bateau de Vktr, le frère Mrlán, son vicaire Clín, quelques hommes de foi et Vktr lui-même achevaient de se préparer. Le haut-parleur réglementaire accompagnait leurs gestes des traditionnelles récitations religieuses – Mrlán soupçonnait Vktr de l'avoir branché en catastrophe avant qu'ils prennent le large, mais n'en dit rien. Au travers des scaphandres les discussions étaient robotiques, on échangeait le minimum comme chacun vérifiait l'étanchéité de sa combinaison, la jointure de son casque, le bon fonctionnement de son arrivée d'air. Vktr avait passé une large besace en bandoulière dans laquelle il transportait ses documents – une découverte exceptionnelle, avait-il répété sitôt tiré du lit. Il faut que je compare mes relevés avec l'original. J'ai pu commettre une erreur, j'ai pu… Enfin vous verrez bien. Ce serait mentir de dire que les prêtres n'étaient pas nerveux : ils n'avaient jamais plongé avant aujourd'hui. Ils invoquèrent par l'esprit tous les dieux possibles du Livre lorsqu'il fut temps de grimper dans la cage. Vktr actionna un levier qui mit en branle la machinerie, et leur petite maison de métal s'enfonça sous la mer.

Tout un monde leur apparut plongé dans la nuit. Les premiers regards dévoilèrent un cadastre étendu à perte de vue et découpé en ombre chinoise sur une ombre plus noire encore. L'on distinguait çà et là le tracé rectiligne d'anciennes artères, et les ruines plus ou moins massives de bâtiments antiques. Partout où ils portaient les yeux, les plongeurs étaient précédés par le faisceau de leurs lampes frontales qui balayait l'inconnu de lumière. Ainsi leur apparurent les fondations d'un pont devenu obsolète, les restes d'un panneau de signalisation grignoté par les siècles, la carcasse rouillée d'une vieille automobile. La cage acheva sa descente dans un claquement étouffé, Vktr en déverrouilla la grille. À sa suite la petite équipée s'enfonça dans la ville.

Le frère Mrlán tenta d'imaginer un monde sans eau – du moins sans mer. Il y parvint difficilement. Comment ceux de l'ancien temps mangeaient-ils sans la mer ? Et comment se déplaçaient-ils autrement qu'à pied ? Cette vie lui parut d'une excentricité dangereuse. Au coin d'une rue large comme trois fois le Cgr, derrière la statue d'un homme recouvert de lichen, Vktr guida le groupe à travers un tunnel creusé dans ce qui semblait être d'anciennes habitations effondrées sur elles-mêmes. Le boyau grimpait d'abord très fort puis débouchait à demi-sec – on avait de l'eau jusqu'aux hanches. Alors, il continuait sur un faux plat qu'ils avalèrent péniblement, car le poids des scaphandres tirait chacun de leurs gestes vers le sol. Parmi les décombres formant la paroi du tunnel, un relevé stratigraphique de ce qu'avait été la vie d'avant, matelas, écrans, plastique, faïence et bois mort sur lesquels pullulaient les coquillages de toutes sortes. La tête et le bras droit d'un ourson en peluche pendaient en travers du couloir. Clín y vit avec certitude la dépouille d'un démon du passé, et fit un pas de côté pour éviter de réveiller la bête.

Un dernier escalier aux marches érodées leur ouvrit l'accès à une grande pièce sombre dont on n'apercevait pas les limites. Une espèce de caverne, jugea le frère Mrlán – un ancien hangar en réalité. Il n'y avait plus d'eau ici, on avait atteint une poche d'air : Vktr retira son casque et fit signe aux autres de l'imiter, ce qu'ils firent avec plaisir. C'est ici, souffla Vktr d'une petite voix, où vibrait une légère euphorie. Pourquoi vous chuchotez ? s'étonna Mrlán. Je ne sais pas, avoua l'archéologue. Il y a quelque chose de solennel dans l'air, j'imagine. D'impressionnant. Et quand je suis impressionné, je chuchote. Il retira la lampe jusqu'ici ferrée à son casque et la projeta vers le fond du hangar. Sous les yeux des visiteurs se dessinèrent alors les arêtes métalliques d'étagères montées jusqu'au plafond, alignées à perte de vue en rangées lourdement chargées en volumes de papier – des volumes de papier par centaines, par milliers. Pendant un long moment, personne n'osa rien dire.

Le frère Mrlán fut le premier à bouger. D'un pas lent et au hasard, il s'engagea dans une allée. Ce sont des éditions du Livre ? demanda-t-il sans se retourner. Des éditions *originales* ? Vktr secoua la tête. Pas uniquement, répondit-il avec un sourire satisfait. En fait il n'y a ici qu'un exemplaire du Livre, si je ne me trompe pas. Tout le reste est composé d'autres textes. Suivez-moi, vous allez comprendre. Il prit la tête de l'équipée et glissa dans les allées d'un pas rapide. Dans son sillon, les prêtres n'avaient pas fière allure. L'esprit de Mrlán était en ébullition – il commençait à penser que tout ça n'était qu'un cauchemar. Oui, dans un instant il se réveillerait dans son lit ou mieux, dans les bras de Flr. Clín, quant à lui, avançait à l'aveugle, le visage plongé dans sa main droite. Ses lèvres remuaient mais ne disaient rien. Est-ce que. Est-ce que tout va bien, Clín ? hésita Mrlán après un moment de ce curieux manège. Comment les choses pourraient-elles bien aller ? répondit son vicaire avec gravité. Il n'y a qu'un Livre, frère Mrlán. Vous le savez comme moi. On cherche à nous tromper, encore une fois. Et vous savez comme moi ce qu'il convient de faire de cet endroit. Pas besoin d'être un génie pour deviner ce que Clín avait à l'esprit. Mrlán secoua vivement la tête. Ce lieu nous met à l'épreuve, Clín, plus qu'on ne l'a jamais été. Crois-tu que je ne vois rien ? D'abord j'observe, ensuite j'agis, c'est ma façon de faire. L'Ordre m'a envoyé ici dans ce but. Nous ne saurons rien si nous brûlons tous ces gens avant d'avoir appris d'eux. Il te faut refréner ta colère, tu es trop prompt à dispenser la mort et – j'ai péché, frère Mrlán, déglutit le vicaire avec dégoût. Mrlán releva un sourcil. Tiens donc. Ces épreuves ont eu raison de moi, continua Clín. J'ai échoué. J'ai. Il ravala péniblement sa salive. J'ai couché avec une femme.

Un poids glissa des épaules du frère Mrlán. Dans d'autres circonstances, il aurait ébouriffé les cheveux de Clín. Tu sais, voulut-il rassurer son vicaire, le Livre n'interdit pas de… de fréquenter les femmes. Ce n'est pas une faute à proprement parler. Mais je m'étais juré de rester chaste, continua l'autre. Et puis ça n'est pas tout. J'ai succombé à la plus vile de toutes. Moi qui trépignais d'impatience à l'idée de voir Smn communier avec Lui, je me rends compte maintenant que je vaux à peine mieux que lui. Allons bon, s'étonna Mrlán, toi, au bordel ? Mais tu es revenu ! Tu vois bien que ça n'est pas la même chose. Le vicaire avait le regard dans le vague. Non, dit-il simplement. Pas le bordel. La créature qui nous servait à boire et à manger, l'autre soir. Flr. C'est avec elle que j'ai péché.

Un autre petit monde s'écroula sur Mrlán. Ça n'était peut-être pas le moment, mais on ne choisit pas ces moments-là : c'est juste ici, les coupa Vktr en leur adressant quelques rais de lumière aveuglants. Approchez. Là, parmi un rayonnage semblable à tous les autres, Vktr tira délicatement un volume de son emplacement et le posa au sol. C'était un quart de ramette de papier Clairefontaine, format A4, moisi aux quatre coins. Aucun des hommes présents n'avait conscience de ces détails techniques. Vktr l'ouvrit à la première page, où une feuille volante avait été glissée, et sortit ses propres relevés avec empressement. Le frère Mrlán n'était plus qu'un fantôme. Le vicaire Clín s'approchait davantage du zombie. Vktr passa un doigt nerveux sur ses documents, puis sur les originaux, puis il claqua des doigts et bondit sur ses jambes : c'est ça ! s'exclama-t-il. Tout concorde !

Les autres lui présentèrent un éventail de regards bovins. L'archéologue s'éclaircit la voix. Ce que vous avez sous les yeux, annonça-t-il avec toute la solennité dont il était capable, est selon moi le manuscrit original du Livre. On avait beau avoir des peines de cœur, des peines de foi, Mrlán et Clín se réveillèrent un peu. Et ceci, poursuivit Vktr en désignant la feuille volante glissée à l'intérieur du volume de papier, est une note de lecture – défavorable, en l'occurrence. Je ne comprends pas, regretta Mrlán qui parlait au nom de toute la troupe. Vktr ferma les yeux et rassembla mentalement ses découvertes. J'ai toutes les raisons de croire que le Livre était, à l'origine, une œuvre de fiction – une histoire qu'on se racontait pour passer le temps, si vous voulez. Tous les textes de cette caverne ont été écrits dans ce but, par des centaines de personnes différentes. Pourquoi faisaient-ils ça, je n'en sais rien. Et il se trouve qu'il existait des gens, ne me demandez pas pourquoi, je n'en sais toujours rien, pour classer ces histoires et donner leur avis dessus. Pour ce qui est du Livre, eh bien… ce qui est écrit là n'est pas très élogieux, si je puis dire. On parle de longueurs, de lacunes. D'ennui. Encore des longueurs. Il balayait le document du doigt en déchiffrant les caractères. Oui, il semblerait que les contemporains de Nthán aient jugé son Livre plutôt mauvais.

Vktr était tout à l'euphorie de sa découverte, il ne réalisait même pas ce qu'il était en train de faire. Là, sous les regards éberlués des frères de l'Ordre, il remuait le couteau de la science dans les plaies ouvertes de la foi – et avec le sourire, s'il vous plaît. Il déconstruisait leur monde avec tant de légèreté que c'en était insupportable. À un moment tout de même, et puisque personne ne se décidait à parler, Vktr releva les yeux vers Mrlán et écarta les bras, dans un geste d'étonnement et d'enthousiasme mêlés. Vous ne comprenez donc pas ? insista-t-il d'un air professoral. Ce que nous avons sous les yeux change tout. Tous les présupposés de la foi. Le rêve originel de Nthán. L'apparition de Mrú qui lui aurait dicté le Livre. Et même l'unicité du texte. Tout – tout est remis en question. C'est la plus grande découverte de notre temps.

Vktr se trompait sur un point : le frère Mrlán comprenait très bien. Son cerveau, à nouveau, tournait à plein régime, il envisageait l'avenir, il envisageait deux mille ans de causes et de conséquences, deux mille ans d'histoire et partout où il portait le regard, en tout point de la frise chronologique déployée dans son esprit soucieux, il voyait le chaos, le péché. Il voyait la boue et les excréments envahir le monde, et la mer s'en retirer peu à peu. À ses côtés, comme relié à lui en pensée, Clín était électrique. Il murmurait les premiers vers de la Diatribe aux Terriens pour se donner du courage. *Vous qui n'entendez rien au vacarme de l'eau…*

Bien, réagit enfin Mrlán en claquant des mains. C'est très bien, Vktr. Merci pour tout. Vktr ne put refréner un sourire de fierté. Eh bien, je… Je n'ai fait que mon devoir, monsieur. Vous le saviez, pour le maire, hein ? Vktr écarquilla les yeux. Comment ? Vous m'avez montré le maire du doigt, l'autre soir, répéta le frère Mrlán avec calme. Vous saviez que ce n'était pas lui. Vous pouvez me le dire. L'archéologue fit un pas en arrière. Ils… ils m'ont forcé, bredouilla-t-il sans trouver la force de mentir. Ce n'était pas un gros mensonge – ils ne m'ont pas dit pourquoi ils faisaient ça, je vous le jure. Au début j'ai dit non, et puis ils m'ont menacé. J'ai eu peur, vous comprenez. J'ai… Bah ! fit Mrlán en balayant l'air du bras. Ça n'a plus d'importance maintenant. Ne faites pas attention – je ne sais même pas pourquoi je reparle de ça, à vrai dire, alors que l'important est ailleurs. Autour de nous. Vktr essuya fébrilement la sueur qui avait commencé de naître sur son front. Tout ça, continua

Mrlán en regardant autour de lui, les livres, le Livre. La note de lecture. À qui en avez-vous parlé ? Mais, je, à personne ! répondit spontanément le jeune homme qui se croyait une nouvelle fois mis en cause. Personne n'est au courant sauf vous. Même mes assistants n'ont pas vu la caverne, j'y suis venu chaque fois seul depuis ma découverte. Je vous le jure !

Si Vktr mentait, alors c'était un excellent menteur. Le frère Mrlán le jugea de bonne foi. Satisfait, il s'approcha et posa une main amicale, quoique ferme, sur l'épaule de l'archéologue. Deux mille années de religion du Livre pesaient dans son regard. Par-dessus son épaule, Clín avait les yeux pleins de flammes. Je vous crois, sourit Mrlán. Et maintenant, j'ai un cadeau pour vous. De sa main libre, le prêtre eut un geste discret pour son vicaire. Aujourd'hui, vous allez communier avec Lui.

V

Plus tard, beaucoup plus tard, si loin à vrai dire que la notion de date n'était plus pertinente, la micro-intelligence MRU doutait. C'était plutôt inhabituel. En fait ça n'était jamais arrivé. MRU sillonnait les pistes du *data center* PRS depuis quoi, quatre-vingt mille ans, peut-être même plus, elle avait embrassé sa mission avec dévouement, comme un automate ou presque, balayant sans relâche les trillions de données dont elle avait la charge, classant, reclassant, déclassant les informations selon une charte et une arborescence en perpétuelle évolution, et elle n'avait jamais failli. Pas une zeptoseconde de retard, pas un seul jour de quarantaine. À trente-huit mille reprises on l'avait nommée micro-intelligence du mois, et pourtant MRU restait humble comme au premier jour de sa programmation. Une entité modèle, disait-on d'elle en haut lieu.

Mais voici que pour la première fois, elle doutait. Allée F6490, parcelle LQO662, MRU clignotait d'étonnement face à l'élément 39E, qui lui donnait du fil à retordre. Elle l'avait trouvé au bout du chemin, isolé à l'emplacement

D:\...\Livres\Religions\Ancien\Textes sacrés\Religions éphémères (étendue civilisationnelle < 150 000 ans)\Livre de Nthán dont la classification parente avait été abandonnée depuis la mise à jour 87.8 (autant dire une éternité). L'élément \Livre de Nthán avait échappé au reclassement automatique, une variable avait bloqué le processus, ce genre de chose arrivait tous les jours – la micro-intelligence MRU était là pour pallier ces problèmes. Sauf que cette fois, MRU doutait. Les valeurs se contredisaient, la routine de calcul de MRU bouclait sans parvenir à un résultat. Pour tout dire MRU avait l'air un peu con, avec ses points de suspension qui s'écrivaient à l'infini, le suivant avalant le précédent, …, un-deux-trois, un-deux-trois, un-deux-trois, et ainsi de suite. MRU faisait du surplace.

Il fallut bien se résigner à demander de l'aide. Très consciente qu'elle tirait un trait sur une nouvelle nomination au titre de micro-intelligence du mois, MRU en référa à l'algorithme de classement – le N + 3, le big boss. Il valait mieux aller droit au but plutôt que se perdre en explications vaseuses, aussi transféra-t-elle la requête nue, sans contexte, ce qui donnait :

.autorisation requise : reclassement de l'élément D:\...\Livres\Religions\Ancien\Textes sacrés\Religions éphémères (étendue civilisationnelle < 150 000 ans)\Livre de Nthán

vers le nouveau chemin

D:\...\Livres\Folklore\Ancien\Textes sacrés\Ésotérisme

MRU attendit, honteuse. À l'autre bout du système d'information, un bref signal lumineux lui indiqua que sa demande était transmise. Elle attendit encore. Un flash rouge témoigna des discussions intenses qu'elle avait provoquées dans le bureau du chef. Suivi d'un autre. Puis d'un troisième. Ça devait sacrément barder, là-haut. Une picoseconde était déjà passée, MRU commençait à trouver le temps long – elle n'avait pas toute la seconde devant elle, d'autres données attendaient qu'on les traite. On pouvait tolérer qu'une petite main comme elle hésite, se trompe, mais l'algorithme c'était une autre histoire. Si l'algorithme partait en vrille, c'était tout le système qui vacillait. Enfin, et alors qu'elle n'y croyait plus, un voyant vert s'alluma au loin, comme une impulsion électrique lui faisait parvenir la réponse du bureau central. Ça n'était pas trop tôt.

.autorisation refusée
.déclassement ordonné vers le nouveau chemin
D:\...\Livres\Humour divers

La micro-intelligence MRU soupira – il faut s'imaginer une ligne de code en train de soupirer, c'est quand même quelque chose. Elle procéda au déclassement puis fila comme une étincelle à travers le *data center*, vers un nouvel élément à classer, puis un autre, puis un autre. Tout ce ramdam pour ça, pensa-t-elle encore avant de disparaître. Est-ce que ça en valait vraiment la peine ?

À EXPLORER CHEZ MU

JEAN BARET & UGO BELLAGAMBA
LE MONDE DE JULIA

EMMANUEL BRAULT
WALTER KURTZ ÉTAIT À PIED
TOUS LES HOMMES

NICOLAS CARTELET
PETIT BLANC

CHRISTIAN CHAVASSIEUX
JE SUIS LE RÊVE DES AUTRES

SALOMON DE IZARRA
DEMAIN, LE JOUR

ANNE-CLAIRE DOLY
SOUS LA LUNE BRISÉE

ANTOINE DUCHARME
L'ÂME DU CHIEN

AMAL EL-MOTHAR & MAX GLADSTONE
LES OISEAUX DU TEMPS
TRADUCTION DE L'ANGLAIS : JULIEN BÉTAN

PIERRE LÉAUTÉ
RETOUR À MALATAVERNE
JE N'AIME PAS LES GRANDS

MICHAEL ROCH
LE LIVRE JAUNE

KETTY STEWARD
CONFESSIONS D'UNE SÉANCIÈRE

LAVIE TIDHAR
AUCUNE TERRE N'EST PROMISE
TRADUCTION DE L'ANGLAIS : JULIEN BÉTAN

CET OUVRAGE A ÉTÉ ACHEVÉ D'IMPRIMER
EN MARS 2023 SUR LES PRESSES DE
XXX

IMPRIMÉ EN UNION EUROPÉENNE